JN139088

THE DRAGON EXPRESS

ドラゴン・エクスプレス

著／ドゥガルド・A・スティール　訳／三枝 明子

今人舎
IMAJINSHA

マークとジュリアにささげる

ドゥガルド・A・スティール

大好きだった父レイモンドと兄ゴードンの思い出に

ダグラス・カレル

THE DRAGONOLOGY™ CHRONICLES
THE DRAGON DIARY

First published in the UK in 2009 by Templar Publishing,
an imprint of The Templar Company Limited,
The Granary, North Street, Dorking, Surrey, RH4 1DN, UK
Text copyright © 2009 by Dugald A. Steer
Illustrations copyright © 2009 by Douglas Carrel
Design copyright © 2009 by The Templar Company Limited
Designed by Jonathan Lambert
Edited by A. J. Wood
Dragonology™ is a trademark of The Templar Company Limited.
All rights reserved.
Japanese translation rights arranged through Toppan Printing Co., Ltd.
Japanese edition published by Imajinsha Co., Ltd., Tokyo, 2011.

Printed in Japan

目次

プロローグ ⚜ ジャイサルメール……12
第1章 ドラゴンの卵（たまご）……16
第2章 悪い知らせ……31
第3章 新入生がやってきた……66
第4章 最悪の火事……81
第5章 ドレイク博士、インドへ……95

第6章　重大な任務……116
第7章　秘密の通路をたどって……131
第8章　ドラゴン・マスターの小部屋……139
第9章　ジャマールに乗って……149
第10章　ガメイさんの家……165
第11章　パリからの逃走……181
第12章　さよなら、ジャマール……202
第13章　ドラゴン・エクスプレス……220
第14章　砂漠で待っていた罠……238

第15章　氷の宮殿……261
第16章　うれしい再会……274
第17章　宮殿からの脱出……292
第18章　治療薬の完成……306
第19章　宏偉寺の戦い……324
エピローグ　宏偉寺……346

ダニエルとベアトリスがたどる

宏偉寺への道

ゴジュンパ氷河

ジャイサルメール

宏偉寺のあるあたり
（正確な位置は秘密）

N

E

S

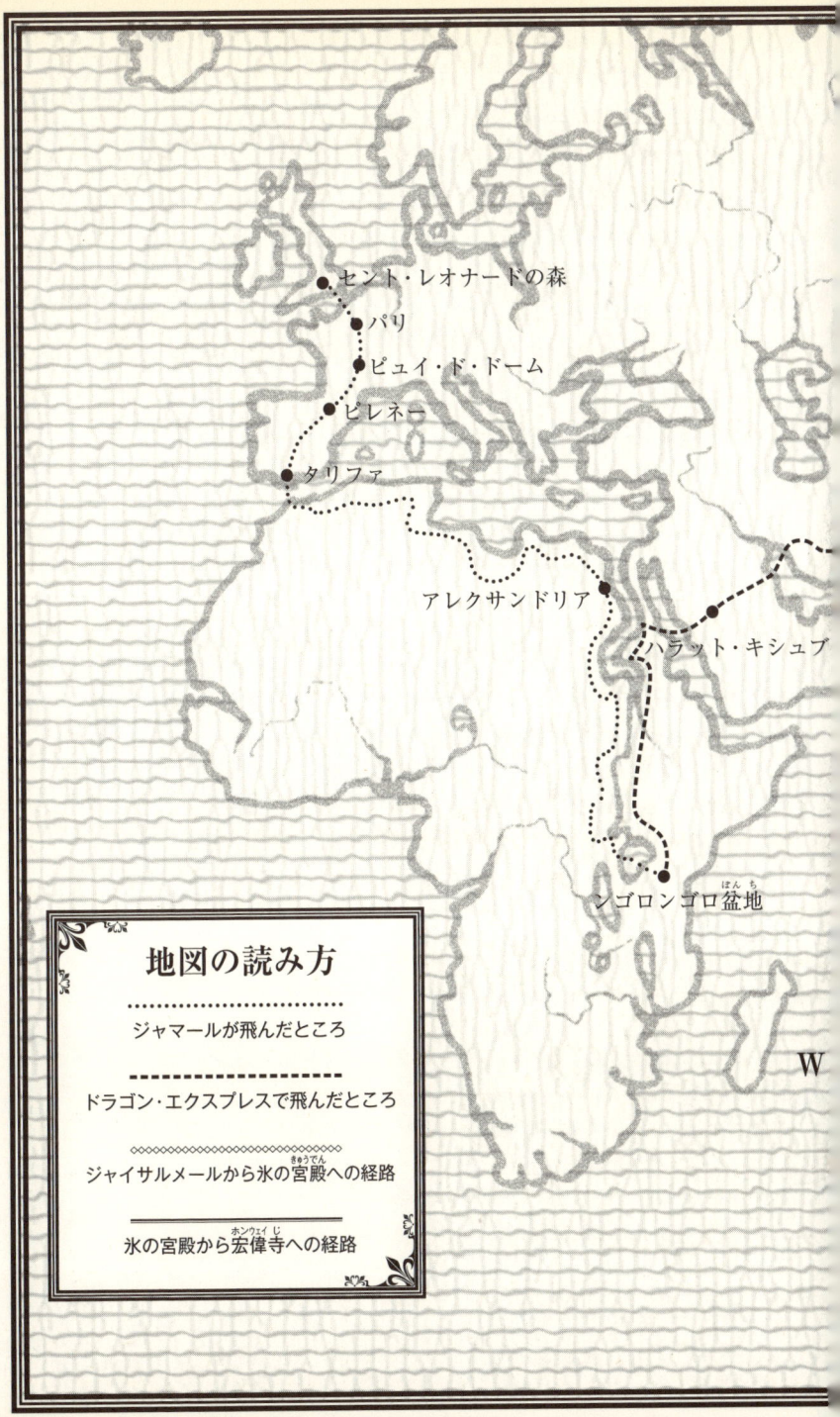
セント・レオナードの森
パリ
ピュイ・ド・ドーム
ピレネー
タリファ
アレクサンドリア
ハラット・キシュブ
ンゴロンゴロ盆地
W
地図の読み方
ジャマールが飛んだところ
ドラゴン・エクスプレスで飛んだところ
ジャイサルメールから氷の宮殿への経路
氷の宮殿から宏偉寺への経路

登場人物紹介

ダニエル・クック……この本の主人公、12歳の男の子。ドレイク博士の生徒で、ドラゴン学を学んでいる。

ベアトリス・クック……ダニエルの姉、13歳。何でもよくできる優等生。

アーネスト・ドレイク博士……ドラゴン学を研究するドラゴン学者。若い学者を熱心に育てている。ドラゴンたちに認められて、イギリスの「ドラゴン・マスター」になった。

ダーシー・ケンプ……ドレイク博士の生徒。ベアトリスよりも少し年上。

ニーア・ヘイズ……新しくドレイク博士の生徒になった、アメリカ人の少女。

ドミニク・ガメイ（ガメイさん）‥フランス出身のドラゴン学者。ドレイク城で、博士や子どもたちの世話をしてくれる。

ベルナルド・ガメイ……フランスの首都パリに住んでいるドラゴン学者。ガメイさんの弟。

エメリー・クロス……きさくなアメリカ人のドラゴン学者。ドレイク博士の研究を手伝っている。

フライトさん……ドレイク博士のロンドンの店「ドラゴナリア」の店番で、ドラゴン学者。

クック夫妻……ダニエルとベアトリスのお父さんとお母さん。二人ともドラゴン学者。

ノア・ヘイズ……アメリカ人のドラゴン学者。ニーアのお父さん。

チディングフォールド男爵……ドラゴン大臣。息子ビリーと娘アリシアがいる。

ティブスさん……チディングフォールド男爵の秘書。

アレクサンドラ・ゴリニチカ……美貌のドラゴン学者。ロシア人。

シャドウェル……ドラゴンの密売人。

イグネイシャス・クルック……前「ドラゴン・マスター」、エベニーザー・クルックの息子。

＊これは、1882年のお話です。

この本に出てくるドラゴン

種名：ヨーロッパドラゴン
特徴：４本の脚、大きな翼
✤イドリギア：ウェールズに棲むドラゴン。以前にもドレイク博士とダニエルたちを助けた。
✤トーチャー：ドレイク博士が、怪我をした母ドラゴン、スクラマサックスから預かった卵から生まれた。やんちゃな赤ん坊。兄はスコーチャー。

種名：ワイバーン
特徴：２本の脚、大きな翼
✤ジャマール：卵のとき、イギリスに密輸された。ドレイク博士が保護して卵からかえし、面倒を見ている。
✤ウワッサ：アフリカのンゴロンゴロ盆地に棲む、大きなドラゴン。

種名：ガーゴイル
特徴：４本の脚、小さめの翼
✤パンテオン：パリに棲むガーゴイルの長。信頼できるドラゴン。

種名：ナッカー
特徴：４本の脚、退化した翼
✤ウィーゼル：ドレイク城の近くの川べりに棲む、臆病なドラゴン。

種名：ヒドラ
特徴：複数の頭、１対の脚と翼
✤ファキ・キファ・カフィ：アラビア半島の死火山地帯に棲む。

種名：中国の龍
特徴：長い体に４本の脚、翼なし
✤ロン・ホン：東の海の竜王。
✤ロン・ウェイ：西の山脈の竜王。

種名：ドワーフドラゴン
特徴：４本の脚、短い翼
✤フリッツ：ゴリニチカが飼っている小型のドラゴン。すばやい動きでダニエルたちを悩ませる。

種名：バシリスク
特徴：どんなドラゴンにも変身できるドラゴン。鋭い毒牙が武器で、この毒に解毒法はない。

種名：ツングースドラゴン
特徴：４本の脚、大きな翼。ヨーロッパドラゴンの亜種で、戦闘用に改良された黒いドラゴン。

種名：フロストドラゴン
特徴：４本の脚、大きな翼。極地に棲むドラゴンで、体色は主に白。春と秋に極から極へ渡ることが知られている。

のえしにいと秘神

紙関機

1882年8月号

最古老にして大賢者の「守護ドラゴン」逝く

8月のはじめ、我々はシェフィールドに棲んでいたウォントリーダムの訃報に接した。ウォントリーダムは850歳を超えるヨーロッパドラゴンの雌で、イギリスのドラゴンの最古老にして最高の知恵者だった。長年ドラゴン協会のリーダーである「守護ドラゴン」であり、1281年のドラゴン協会の結成以来、「ドラゴン・アイ」をはじめとする「神秘といにしえのドラゴン学者協会」(S・A・S・D・)の宝物の多くを守り、ドラゴン・マスターとともに人間とドラゴンの絆の保持に努めてきた。

このウォントリーダムの死には、自称「ドラゴン学者」のロシア人、アレクサンドラ・ゴリニチカが関係しているという情報もある。ゴリニチカはウォントリーダムの死後、ヴァイキングのルーシ族のお守りである「スプラターファックス」と「セント・ジョージの槍」という、S・A・S・D・の二つの宝物とともに姿を消したまま、今日まで足取りはつかめていない。また、前ドラゴン・マスターであるエベニーザー・クルックの子息、イグネイシャス・クルックもこの件に関与していると見られる。イグネイシャスは、「セント・ギルバートの角」を含むS・A・S・D・の宝物をウォントリーダムの宝物庫から持ち出したと思われるが、この男の行方も不明。おそらく、ウォントリーダムの洞窟が崩れ落ちたときに死亡したものと考えられている。

ウォントリーダムの死、新しいドラゴン・マスターの誕生についての詳細は、既刊『ドラゴン・アイ』を参照されたし。

信通会協者学ンゴラド

新しいドラゴン・マスター決定！

「守護ドラゴン」の死という暗い報告がある一方で、S.A.S.D.の最高責任者「ドラゴン・マスター」が決定したという、喜ばしい知らせもある。前任者のエベニーザー・クルックが1875年に亡くなって以来、S.A.S.D.とドラゴン協会を結ぶ重責ある地位は、7年間、適任者不在のまま空位となっていた。

くだんのウォントリーダムが最期の瞬間に「ドラゴン・アイ」に姿を焼きつけたことにより、新しいドラゴン・マスターに任命されたのは、かの有名なドラゴン学者、アーネスト・ドレイク博士である。協会員の多くはすでに、ロンドンのワイバーン小路にある博士の店「ドラゴナリア」を一度ならず訪れた経験があるだろう。また、セント・レオナードの森にあるドレイク博士の城で、夏季に行われている「ドラゴン学者養成講座」についても聞き及んでいると思う。これまでの多大なるドラゴンと人類への貢献から、我々S.A.S.D.は博士の着任を心から喜ぶものである。

またこの夏、権利なき者の手から「ドラゴン・アイ」を守った偉業には、博士の年若い弟子、ベアトリス・クックとダニエル・クックの働きがあったことも忘れてはならない。この二人の姉弟の両親であるクック夫妻は、博士の長年の親友である。夫妻はS.A.S.D.の要請でインドのナーガに広がっている伝染病の調査に赴いていたが、博士のこの度の着任を祝うために、帰英の途につく予定だ。S.A.S.D.は、ドレイク博士のますますの活躍を期待する。

プロローグ ― ジャイサルメール ―

北インドの街ジャイサルメールを出発してから、ノア・ヘイズは真っ赤な日の出と日の入りを3回見た。カウボーイハットを斜めにかぶった、テキサス州出身のノアは今、馬のかわりにラクダに乗っている。一人きりで砂丘を越え、雑木林を抜けて、ついにタール砂漠の奥地にたどり着いた。

ここでは東からの熱風が一日中吹いて、空には死肉をあさる鳥たちが高く飛んで

いる。ラクダの背でノアは手をかざして遠くを見た。行く手には、鳥がせわしなく舞っている。不安げに鼻を鳴らすラクダの首を軽くたたいてなだめると、ノアは手綱を持ち直した。斜めになったつばの下の顔は暗かった。

ほどなく小さな砂山のかたまりが見えて、ノアはラクダを降りた。砂山に近づくと、それは砂に覆われた8体以上の動物の死体だった。動物の姿は蛇のようで、短いものは2メートルぐらい、長いものは10メートル以上あるだろう。うろこで覆われた胴は砂に埋もれかけていたが、その体には人間のような頭部があった。タール砂漠に棲むドラゴン、ナーガが群れで死んでいたのだった。
一番小さな砂山に近づくと、それはナーガの赤ん坊だった。口のまわりには、黄色い唾が乾いてこびりついている。ノアはポケットから小型のナイフを出し、唾を採集するためにかがみこんだ。そのとき、ノアの耳元に銃口が押しつけられた。ノアはゆっくりと立ちあがると、銃をつきつけている男に向き直った。男は黄色い歯を見せてにたりと笑い、ロンドンの下町で聞くような訛りの強い言葉でしゃべった。
「あんた、ノア・ヘイズだろう。俺はシャドウェル、ちったぁ知られた名前だろ？」
ノアは手にしていたナイフをしまい、額の汗をぬぐうと帽子をかぶり直した。
「ドラゴンを違法に取り引きしている密売人が、俺に何の用だ」
「死んだドラゴンもいいが、生きてるドラゴンも見たかないかと思ってさ」
シャドウェルは右手の銃をノアの頭に向けたまま、左手で器用に上着のボタンを外した。上着の内ポケットから顔をのぞかせたのは、小さいけれど立派なうろこをそなえたドワーフドラゴンだった。黒い小さな目がきらきらと光っている。

「フリッツ、ヘイズさんにご挨拶だ」

小さなドラゴンはノアに向かって牙をむき出したが、死んだナーガの群れに気づくと居心地悪げにもぞもぞしはじめた。シャドウェルが耳障りな声をたてて笑った。

「哀れなナーガたちは病気で死んじまったのさ、フリッツ。でも心配すんなって。俺たちゃ死んだドラゴンには用はねえ。ちょいと人をさらうだけだ」

シャドウェルがノアのほうへ顎をしゃくると、ドワーフドラゴンは脚のかぎ爪を前へつき出してノアに襲いかかってきた。頭をかばおうとしたノアの視界の隅に、砂山の向こう側から現れた女が映った。美しいけれど、禍々しい雰囲気をまとったその女を、ノアは知っていた。ノアの悲鳴が熱風の吹く砂漠に響きわたった。

第1章　ドラゴンの卵

ドラゴン語を話そうとする人間が、どんなに努力してドラゴンのごとくうなったり喉を鳴らしたり、歯の間から空気をもらしたりしても、最初はほとんど理解不能の音しか出せない。

――一年のはじまり『リベル・ドラコニス』より

教室の窓から見えるのは、からっぽの庭と降りしきる雨だけだ。ドレイク城の庭の木には、いつも鳥が止まっているのに今日はいない。そこへ、ブナの森からウサギが1羽、庭にとび出てきた。教室ではドレイク博士が小さな黒板の前に立っている。今は、ドラゴン語基礎文法の授業の真っ最中だ。

この夏、ぼくダニエル・クックと姉のベアトリスはドレイク博士の夏季講座に参加している。ここは、一般的にはあまり知られていない稀有な生き物、ドラゴンについて学ぶ学校だ。7月に降ってわいた冒険がなければ、ぼくらの「ドラゴン学」の勉強はもうちょっと先に進んでいたはずだ。冒険のおかげでドラゴンについてずいぶんと多くのことを知ったけど、そのせいで教室での勉強はもっと退屈になった。おまけに雨のせいで、ぼくらは3週間近くも教室に閉じこめられている。今すぐにでも教室をとび出して森へ行き、本物のドラゴンを目の前で観察したいのに。

芝生の上のウサギと目があった。そのとたん、ウサギは花壇の後ろへ走りこみ、果樹園にとびこんだ。森の入口の木がいきなり激しく揺れはじめたからだ。

ドレイク博士が森で育てているワイバーンにちがいない！　ジャマールという名前のこのドラゴンは、よく森の中の囲いから脱走するのだ。もう少し大きくなったら、生まれ故郷のアフリカへもどすことになっている。

でも、森の中から現れたのは、なめし皮をまとった蛇のようなドラゴンだった。

このドラゴンはドレイク城の近くの森に棲んでいるナッカーで、〝ウィーゼル（「こそつき屋」）〟という名前がついている。ナッカーはよたよたとシダの茂みの奥に消えた。きっとあのウサギを追ってきたに違いない。

前を向くと、博士がぼくに向かって話していた。まずい。授業態度について注意されているみたいだが、全然聞いてなかった。机を並べているベアトリスにも、がっちりとにらまれた。

「ダニエル・クック、君はもう初級者ではない。ドラゴン学中級課程に進む者として、ドラゴン語を話せるようにならねばならない。そのため

には、ドラゴン語の動詞を活用できるようにならなければいけないのだが」
「でも今、ウィーゼルが」
「ウィーゼルのことは忘れて、動詞『飛ぶ』の原形を言ってみなさい」
ドレイク博士に言われて、ぼくの頭は真っ白になった。前にいた寄宿学校でも、ぼくのフランス語やラテン語の成績はひどいものだったし、ドラゴン語だって大した違いはない。机に目を落としていても、博士がぼくの答えを待っているのを感じる。ぼくが答えられないでいるうちに、ドレイク博士は次の回答者を指した。
「ベアトリス、君はわかるかな？」
「『アルグライ』です、博士」と、ベアトリスは答えた。ラの音が巻き舌になっているのが、すごくいやみな感じだ。
「よろしい。ドラゴン語の動詞『飛ぶ』の原形は『アルグライ』だ。では命令形にすると、ダーシー、どうなる？」

「原形と同じで『アルグライ』です」と、ダーシー。
「わかったかね、ダニエル」と、博士がぼくを見た。
「これは昨日勉強した動詞『見る－イヴァーシ』と、まったく同じ活用をするのだよ。原形『イヴァーシ』の現在活用は『イヴァースー・イヴァーソー・イヴァーシ・イヴァスンブル・イヴァスンプル・イヴァサーク』となる」
ため息まじりに「わかりました」と答えると、今度は、
「『飛ぶ』の現在活用を言ってみなさい」と言われてしまった。
ぼくはポケットの中の手をもぞもぞさせた。ポケットに入っているのは、ダーシー・ケンプがくれた火打石と黄鉄鉱のかけらだ。ダーシーはぼくらと同じく、ドレイク城に住んでいるドラゴン学の生徒だ。ダーシーはドラゴンが火打石と黄鉄鉱を使って、どうやって発火性のある毒液に火をつけるのかを説明してくれたのだ。でも、ドラゴンがいかに火を起こすかという知識は、今のぼくの助けにはならない。

「ダニエル、どうかな？」

博士の声がぼくをうながす。ぼくは胃が沈むような気分を味わいながら、口を開いた。

「アルグライ・アルグルー・アルグロー・アルグリ・アルグルンブル・アルグルンプル・アル……えっと……」

最後がどうしても思い出せない。

「3人称複数の現在形は、アルグラークだ。だが、途中のラ行の音は平たいラリルレロではなく、ドラゴンがやるように巻き舌にするんだ。細かく震わせて……」

博士の言葉は、教室の外から聞こえてきた咆哮にかき消された。教室の壁もびりびり震えた。犯人は教室の後ろにある窓に顔の半分をぺったりと押しつけて、片目で教室のぼくたちをのぞきこんでいる。いたずら好きのジャマールだった。

「私たちに会いたくてやってきたんだわ！」と、ベアトリスが叫んだ。

「プルルルラシク　ホヤールルルリ！」と、子ども時代をようやく終えたばかりの若いワイバーンが挨拶をしてきた。それを聞いたダーシーが、興奮して叫んだ。

「あれこそ、正しいラ行の巻き舌だよ！」

あまりのタイミングのよさに、ぼくらはみんな笑った。ドレイク博士も、帽子を脱いで額の汗をぬぐわなきゃいけないほど大笑いした。

ジャマールはうろこで雨粒をはねとばしながら、羽をむしられた巨大な七面鳥みたいに庭中をはねまわっている。ジャマールの後ろから、ぼくらの食事やドラゴンの世話をしてくれているガメイさんが芝生を横切って走ってきた。片手に壊れた傘を握りしめ、もう片方の手でぐっしょりと濡れた長いスカートをたくしあげている。

「なんとしたことだ。今ばかりは、ガメイさんに手助けが必要なようだ」

やがて息を切らせたガメイさんが、転がるように教室に入ってきた。

「すみません、博士。もうほとんど飛べるジャマールを柵の中に留めておくことができなくて、授業のお邪魔を。でも、ジャマールは子どもたちが恋しいんです」
「そろそろ飛べる頃かと、私も思っていましたよ、ガメイさん」と博士。
「でもジャマールはすぐに、柵の中へもどしたほうがいいでしょう。ジャマールに脱走を許してはなりませんからね。私も手伝いましょう」
「ぼくもお手伝いしていいですか？」
すかさず申し出てみたけれど、博士がちょっと考えてから指名したのはダーシーだった。
「ダニエル、君はベアトリスと一緒に卵の様子を見てきたまえ。いつ卵がかえっても、不思議じゃない頃だからね」
いつもなら、ぼくはいそいそと卵を見にいったことだろう。ドレイク博士に任されて、ぼくとベアトリスがずっと世話してきた卵は、ありふれた動物の卵じゃないんだから。卵からかえるのは、ヨーロッパドラゴンの赤ちゃんだ。でも、ぼくは今、ジャマールを追って外へ出ていきたかった。そんな気持ちが顔に出ていたに違いない。ドレイク博士は、ぼくを元気づけるように言った。

「雨は必ずやむものだよ、ダニエル。そんなにしょげこまなくてもいい。私の推測では、君たちのご両親は今頃はスエズ運河に到着しているはずだ。二人がイギリスに着く時分には卵はかえっているだろうから、ドラゴンの赤ん坊をしっかり育てているところをご両親に見せられると思うよ」

博士の言う通りだ。ぼくも両親をびっくりさせたくてたまらなかった。だって、ぼくとベアトリスはもう丸4年も、お父さんとお母さんに会っていない。二人は北インドの街ジャイサルメールに、ずっと出かけたままだった。その街の王族、マハラワルと一緒にタール砂漠に棲むドラゴン、ナーガについて調査をしていたのだけれど、やっとイギリスに帰ってくることになったのだ。

卵を見にいくため、ベアトリスとぼくはそれぞれ記録帳を持った。ぼくらはこのノートに、ドラゴンについて学んだことすべてを書きつけている。黒い防水布の下に身をよせあい、水たまりをはねちらかしながら、ぼくらは炭置き小屋へ向かった。

卵はずっとこの古い石の小屋で温められている。ドラゴンの赤ちゃんが卵からかえったときに居心地がいいように、ぼくとベアトリスは、ドラゴンの好きなきらきら光るものを山ほど集めて巣を作った。きらきらした山の隣には、卵をひっくり返すときに使う長い火ばさみと、赤ちゃんが生まれるときに殻を割るための大きなハンマーが置いてある。

卵は土のかまどの上に置いてあった。ドレイク博士が傷ついた母ドラゴン、スクラマサックスからこの卵を預けられたのは2か月前だ。初めは茶色だった卵の殻は明るい紫になり、さらに濃い紫へと、少しずつ色を変えてきた。

「お父さんとお母さんが帰ってくるのに、あとどのくらいかかるのかな？」

小屋の中に走りこみながら、ベアトリスにきいてみた。

「たぶんまだ2、3週間はかかると思うわ」
「その頃までに、卵はかえっていると思う？」
「そうねぇ……」
ベアトリスは壁に貼ってある表と卵を見比べた。それは、ヨーロッパドラゴンの卵が孵化するまでの殻の色の変化を示した表だ。毎日ぼくらは殻の色とこの表を見比べて、卵の成長を確かめてきた。ぼくらの目の前にある卵の色は、今や表の一番最後にある「孵化寸前」の色合いと、ぴったり同じになっていた。
「もういつ生まれてもいいはずなんだけど」
ぼくは火ばさみで慎重に卵をひっくり返すと、かまどに炭をつぎたした。

朝のあんなにひどい雨が午後にあがるはずもなかった。お昼ごはんのあとは教室に逆もどりだ。黒板の前に立っているのは、乾いた服に着替えたガメイさんだ。

「午後の授業は街に棲むドラゴン、ガーゴイルについて私がお話しします」

先生が交代するのにも慣れた。ドレイク博士がドラゴン・マスターとなり、同時に「神秘といにしえのドラゴン学者協会（略してS.A.S.D.）」の最高責任者になったのが、2か月前。それから博士は、ものすごくいそがしくなった。

授業が始まったとたん、博士の研究を助けているアメリカ人のドラゴン学者、クロスさんが教室にとびこんできた。ささくな彼をぼくらは「エメリー」と呼んでいる。

「授業中に申し訳ないが、」と、エメリーは息をついだ。

「ベアトリスとダニエル、博士が二人にすぐ小屋へ来てほしいとおっしゃっている。ついに卵がかえりそうだぞ！」

すぐに教室のみんなで炭置き小屋に駆けつけた。ベアトリスとぼくは、はやる気持ちをおさえてかまどの前に立った。

コツ。
卵の中から音がする。ドラゴンの赤ちゃんが殻を割ろうと、内側から卵角で殻をつっついているのだ。
コツ、コツ、コツ！
音がせわしなくなるにつれ、炭の炎に包まれた卵は、前に後ろに揺れはじめた。
ドレイク博士がぼくに言った。
「前にやってみせたように、火ばさみでしっかり卵をはさんで床に降ろしなさい」
ぼくは長い火ばさみを握ると、真っ赤な炭の上の卵をつかんだ。炎の熱が鉄の火ばさみを伝わってくる。卵は重かったけど、火ばさみでしっかりはさんで石の床に降ろした。殻をつっつく音はますます大きくなる。
「次はベアトリス、君だ。ハンマーをあつかえるかい？」
ベアトリスはハンマーの柄を握って、頭上にふりかざした。大きくて重いハンマーに比べると、ベアトリスは小さく頼りなげに見える。

「卵の揺れが止まるまで、そのままで待つんだ」

ドレイク博士の指示通り、ふりおろすタイミングを待っているベアトリスが、ハンマーの重さで少しふらついた。

「今だ！」

ドレイク博士の声にベアトリスは満身の力をこめて、卵にハンマーをふりおろした。内側からの音はやんだが、卵の見かけにはなんの変化もない。

「もう一度！」

ドレイク博士が叫んだ。ベアトリスが卵にたたきつけたハンマーが鈍い音をたてる。ベアトリスはくり返し、ハンマーを打ちおろした。

「待て！」

博士の鋭い声にベアトリスはハンマーを頭上にふりあげたまま、ふんばった。卵の表面にひびが走る。よく見ようと前に出たぼくを、ドレイク博士が止めた。

「待ちなさい、卵はまだ猛烈に熱いからね」

突然、卵から、ひとかけらの殻が床に落ちた。もう一つ、また一つと殻が落ちていく。ついに、ちっちゃな角がついたドラゴンの鼻先が割れ目からつき出てきた。鼻に続いて頭、細い首、赤っぽいうろこに覆われた骨ばった体が現れ、小さいけれど鋭いかぎ爪と、背中にぴったりとたたんだ小さな翼が見えてきた。先端に大きな矢じりがついたようなしっぽが、ピシリと音をたてる。ドラゴンの赤ちゃんはビーズのように輝く目でぼくらを見ると、体全体を震わせて2回くしゃみをした。鼻と口から緑色のねばねばしたものが出た。ドラゴンはぼくらを見あげると、小さくうなって、生まれて初めて小さな翼を開いた。ベアトリスがうっとりと言った。

「この子、男の子だわ。なんてかわいらしいんでしょう！」

第2章　悪い知らせ

遊びたいという衝動は、すべての幼い生き物に共通した、最も強い欲求である。

――人間学の手引『リベル・ドラコニス』より

ドラゴンの誕生に、ぼくらが興奮してまださかんに歓声をあげている間に、ドレイク博士はチョッキから金の懐中時計を取り出した。

「午後1時17分、誕生」

卵がかえった正確な時間をベアトリスの記録帳に書きつけると、博士はまだ興奮さめやらぬぼくらに言った。

「さて諸君、これからベアトリスとダニエルは赤ん坊を洗わなければならん。ひとまず教室へ引きあげてくれたまえ」

ドラゴンの赤ちゃんが卵からかえったとき、すぐに水浴びをさせるのは、体を冷ますためと、もうひとつは体にくっついているベタベタした卵の中身を洗い流すためだ。博士の言い方によれば「ドボンとやる」までは、ドラゴンの赤ちゃんの体はすごく熱いままだ。初めての水浴びをさせる役を買って出たぼくは、ごわごわした耐炎性の手袋をはめた。この手袋はドラゴンの脱皮した皮でできている。ベアトリスが、水の入ったバケツをドラゴンの前のはかりにのせて、緑色のタオルを手にすると、ぼくはドラゴンの後ろに立った。

「そうだ、ダニエル。教えた通りにすばやくな」と、博士が言った。

ぼくはかがみこむと、ドラゴンの体を後ろから両手でしっかりとつかんだ。よたよたと歩きはじめていたドラゴンはつかまれるのをいやがって、うなり声をあげて暴れだした。ドラゴン特有の強い硫黄のにおいが立ちのぼる。生まれたてなのに、ドラゴンの赤ちゃんはびっくりするほど重かった。落とさないように必死でつかむと、厚い手袋ごしにもジタバタするトカゲみたいな体を感じた。顔の前で空を切っている翼の先でひっかかれないように顔をそむけながら、ぼくはなんとかドラゴンをバケツにドボンと入れた。たちまちバケツの水がシュウシュウと沸きあがり、あたりは水蒸気でいっぱいになった。ぼくがドラゴンからすばやく手を離すと、ベアトリスと博士はバケツがのっているはかりの目盛りをすばやく読み取った。

「全体からバケツと水の重さを引いたドラゴンの重さは、5，715グラムだね。蒸発した分を考慮に入れても、非常に理想的な体重だ」

博士はさっき書き留めた誕生時刻の横に、体重を書き加えた。

「さあ、ダニエル、赤ん坊を引きあげてくれ」

水蒸気がもうもうと立ちのぼるバケツの中で、ぼくはドラゴンを手さぐりでつかまえようとした。いやがるドラゴンは咬みつこうとしたけど、ドラゴンの皮の手袋は強く、牙も防いでくれる。すぐにしっかりとつかまえてバケツから出すと、タオルを広げて待ちかまえているベアトリスにドラゴンを渡した。タオルに包まれるやドラゴンは勢いよく体をタオルにこすりつけて、くしゃみをした。

ベアトリスにタオルで拭いてもらうと、ドラゴンはもうすっかりしゃんとしていた。卵からかえったばかりのときに見られた、動きの固さはどこにもない。ドレイク博士の足の間をすりぬけて、ドラゴンがまっすぐに向かったのは、きらきらした巣山のてっぺんだ。そして、その上から、ぼくらが集めたものを一つ一つ掘り出した。鼻を鳴らしながらつつきまわしたり、かぎ爪やしっぽでたたいて吟味している。やがて不器用ではあるけれど、気に入ったものを自分の足元にかき集め、いらないものは遠くへ押しやって分けはじめた。ドラゴンが選んだのは、にせものの宝石のついたネックレス、割れた鏡のかけら（縁にやすりをかけて丸くしたやつ）、太い鎖の輪が一つ、色つきガラスがついている錫製の小さなジョッキに、ドレイク博士がくれた凝ったデザインの旅行用時計だ。すっかり選り分けが終わった巣山のまわりを犬のようにぐるぐる回ると、ドラゴンはてっぺんに陣取って宝物をおなかの下に抱えこんだ。そして今度は首をそらせて牙の生えている口を大きく開けると、甲高い声でキュンキュン鳴きはじめた。体は大きいけど、腹ペコの鳥の雛みたいだ。

ちょうどそのとき、小屋の戸を開けて

ダーシーが入ってきた。台所から餌にする肉を持ってきてくれたのだ。肉の切れ端が大きな深い鍋に入っていた。ドラゴンは鼻を鳴らしてにおいを嗅いだけど、黒っぽい舌をちろちろさせるだけで宝の山から動こうとしない。

「水につけたことを赤ん坊が許してくれるよう、ダニエルに餌をやってもらおう」

博士の言葉に、ぼくはドラゴンの座る山の脇に膝をついた。

「前に教えた餌のやり方を思い出して。手のひらを完璧に水平にするのだよ」

ぼくは肉をいくつか手にのせると、ドラゴンのほうへさしだした。ところがドラゴンはぼくをまるっきり無視して、ずっとベアトリスを見つめている。途方に暮れていたぼくに、突然牙をむいて立ちあがると威嚇するようにうなった。後ろへとびすさったはずみに肉が床に落ちると、ドラゴンは肉めがけてつっこんできた。すばやく肉をくわえて巣の上まで走ってもどると、そこで肉をふた口で腹におさめた。

「あんなまねさせちゃ、だめじゃない」

ぼくはもう一度、餌をやろうとしたけど、ドラゴンはベアトリスしか見ていない。ぼくにできたのはドラゴンの鼻面に肉をさしだすことだけで、やつは勝手に肉をかすめ取っていった。もう一度やってみようと深鍋に手をのばしたところで、ドレイク博士がぼくを呼んだ。

「いかに必要なこととはいえ、ドラゴンの赤ん坊は水につけられるのを好まん。餌やりはまたの機会にしよう」

「大丈夫よ、ダニエル。きっとすぐできるようになるわ」

「じゃあ、姉さんもやってみたらいいさ」

ぼくがベアトリスに場所をゆずると、ベアトリスは鍋から肉をいくつか取り出した。巣山の上で鳥の雛みたいな格好にもどったドラゴンに、ベアトリスは手のひらから食べさせるかわりに、大きく開いた口の中へ直接、肉を落とした。ドラゴンは肉をほとんど丸飲みすると、すぐに次をねだった。

ドラゴンはものすごい食欲だった。ベアトリスはゆっくりと肉をやり続けたが、30分もすると鍋も空になった。それでもドラゴンは、餌をねだった。おまけに空の鍋を見せてやったぼくを、お前が中身を隠したんだとでも言うようににらみつけてきた。もう肉がないことがわかると、ドラゴンは3回しゃっくりをして、のびをした。巣山から降りてベアトリスの足元にごしごしと体をこすりつけると、巣山のふもとをぐるぐると回る。ドラゴンはもう一度ベアトリスをふり返ると、巣山のてっぺんでしっぽをぐるりと顔の前まで巻きこみ、寝入ってしまった。

ドレイク博士がくちびるの前に指を立てて、ぼくらに小屋を出るようにと身ぶりで伝えてきた。ぼくらが静かに小屋を出ると、博士がそっと戸を閉めた。

「ダニエル、今日うまくいかなかったからといって、悲観するんじゃない。私は君たち二人の働きを大変誇りに……」

博士はチョッキのポケットを探りながら、言葉を切った。なんと博士の懐中時計が金の鎖ごと消えていたのだ。
「なんてことだ！」と博士は声をあげて、にやりとした。
「あのいたずら者は私の時計を盗んだらしい。ドラゴンが私を出し抜くことなど、めったにないんだが」
博士は愉快そうにクスクス笑いながら、小屋へともどっていった。

生まれてすぐ、鍋いっぱいの肉を平らげたドラゴンは、それから4日間も眠ったままだった。いつ見にいっても、眠りこんだときと格好すら変わっていない。季節はしだいに秋に近づき、空気からは湿気が薄らぎはじめたけれど、いまだに突然、土砂降りの雨が降るので教室での授業が続いていた。
街に棲むドラゴン、ガーゴイルについて、ガメイさんによる授業も始まっていた。もうじきぼくらも、フランスの首都パリに棲んでいるガーゴイルに会えるかもしれないと、ガメイさんが教えてくれた。ぼくはがぜん興味をそそられて、ガメイさんの話に聞きいった。

ガーゴイルは、石の彫像の「ガーゴイル」によく似ていて、何時間でもじっとしていられるので、生きているドラゴンだと知られることはほとんどない。またガーゴイルは、血族ごとに群れを作って暮らし、年長のガーゴイルが群れを統率する。街に暮らしているけど、人間とのつきあいは「ガーゴイラー」と呼ばれるドラゴン学者のみに限っている。

ガーゴイルについて学んでいる間、ぼくらはほとんどドレイク博士を見かけなかった。ぼくらに卵からかえったドラゴンを預けて、博士はロンドンにある自分の店、ドラゴン・グッズ専門店の「ドラゴナリア」で過ごすことが増えた。「ドラゴナリア」は、表向きはドラゴンのグッズを集めた店だけど、本当のところはS.A.S.D.の本部であり、博士の研究室でもあった。ぼくらの両親の居場所と、ジャイサルメールでマハラワルがどうしているかといったことを問い合わせるため、博士はエメリーを使いに出していて、その返事を待っているのだ。時々、博士を見かけることがあっても、博士はいつもすごくいそがしそうだった。

ドラゴンの赤ちゃんが卵からかえってから5日目の朝。ベアトリスとぼくがガーゴイルの住処として名高い古い建築物の本を読んでいる最中に、ドラゴンが餌をねだる、あの高い声が炭置き小屋から聞こえてきた。

「やっと目を覚ましたんだわ！」

ぼくらはまず台所に駆けこむと、肉のかけらを集めていっぱいにした鍋と、古新聞の束を持って小屋へと急いだ。

「今度はぼくの手から餌を食べてくれるといいんだけど」

ぼくのつぶやきにベアトリスがうなずいた。

「私がやったみたいにやってみなさいよ。きっとうまくいくわ」

小屋の戸を開けたとたん、とび出してきたドラゴンにつまずいて、ベアトリスは転ぶところだった。ドラゴンはベアトリスにとびつくと、ベアトリスの顔をなめた。

「うれしいのはわかったから、降りてちょうだい！」

ぼくも笑ってしまった。ドラゴンはもう2、3回、ベアトリスの顔をなめると、巣山まで小走りにもどった。今回も、ぼくのことはまるっきり無視だった。ちらりとこちらを見ることさえしなかった。

びっくりしたのは、ドラゴンの赤ちゃんの大きさだった。少なくとも、生まれたときの3倍にはなっている。もう一つびっくりしたのは、小屋中にひどいにおいが漂っていたことだ。においの元は、小屋の隅で小山になっているドラゴンの糞だった。まずは小屋を掃除しなければならない。トイレのしつけができるまで、少し時間がかかるかもしれないな。ぼくらはまず、持ってきた古新聞を小山のまわりに敷いて、ドラゴンのおしっこを吸わせることにした。ベアトリスはドレイク博士にもらったスコップで糞をすくって、小屋の外へ運ぶ。

その間、ぼくは肉を手のひらに置いて、用心しながらドラゴンの前にさしだしてみた。ところが今回はうなりもしない。先が矢じりのようになっているしっぽを揺らして、ベアトリスを見つめているだけだ。ベアトリスがこちらに来てくれないとわかると、ドラゴンはベアトリスの前に走っていって、ころりとおなかを見せた。

「また私が餌をやらなきゃいけないみたいね」と、ベアトリス。

「そうだね、ぼくよりもずっと姉さんに向いた仕事みたいだ」

ぼくが不機嫌に答えると、ベアトリスはスコップを小屋の外に置き、鍋から肉を取り出した。ドラゴンはすぐに肉片を受け止められるように、頭をそらして大きく口を開いた。すっかり鍋の中身を食べ尽くしたあと、ドラゴンはまた3回しゃっくりをした。でも、今度はすぐに寝入りはしなかった。かわりに巣山を鼻で掘ると、鉄の鎖をくわえてきた。ドラゴンは鎖をしゃんしゃんと鳴らしてベアトリスに見せにくると、巣の縁に置いてあった煉瓦の下につっこんだ。それからベアトリスのところまで走ってくると、頭を片側にかしげてベアトリスを見あげたのだ。

「まあ、一緒に遊びたいのね。宝物を見つけてほしいの？」

ベアトリスがわざと見つけられないようなふりをしたあとで、本当にびっくりしたような顔で煉瓦の下から鎖を取り出すと、ドラゴンは蛇のように体を左右にくねらせた。きっと喜んでいるに違いない。ベアトリスの手から綱引きのように引っぱって鎖を取りもどすと、ドラゴンはまた鎖を隠した。

「今度はぼくに見つけさせてよ」

「いいわよ」

ところがぼくが鎖の隠し場所に近づいたとたん、ドラゴンがぼくの前に立ちはだかった。翼をこれ以上広げられないぐらいに広げ、大事な鎖にぼくを近づけまいとうなった。

「おいおい、遊んでやってるだけじゃないか」
ぼくが近づこうとすると、ドラゴンの首が弓なりになり、牙がむきだしになった。
「ダニエル、気をつけて。赤ちゃんが怖がっているわ」
これには、ぼくもカッときた。
「どうせぼくは、何も満足にできないよ。こいつの世話なんか、ベアトリスが一人でやればいいじゃないか。本当は自分だって、そうしたかったくせに」
炭置き小屋をとび出すと、ぼくは城へ駆けもどった。2階へ駆けあがって男の子に割りあてられた部屋にとびこむと、自分のベッドにばたんと倒れこんだ。
天井をにらんで真っ黒な気分にひたっている最中に、ダーシーが入ってきた。
「ドラゴンの赤ん坊の世話がうまくいってないんだって？」
ぼくは違うと言いたくて、頭をふった。ダーシーはちょっと考えて、口を開いた。
「ちょうど雨もやんだし、ジャマールに飛び方を教えるのを手伝ってくれないかな」

「いいよ、つきあう」
もごもごと答えると、ぼくはダーシーについて階下へ降りた。ダーシーはジャマールに飛び方を教えるのを任されている。ドレイク城を出て、セント・レオナードの森のジャマールの囲いに続く小道をたどった。歩きながらダーシーが口を開いた。
「遅かれ早かれ、赤ん坊も君になつくと思うよ。あまり気にしないで。ドラゴンは本当に水浴びが嫌いなだけなんだ」
ぼくはダーシーに愚痴をこぼした。
「ぼくはドラゴンの赤ちゃんが、ぼくのことを嫌うかもしれないなんて考えもしなかったんだよ。それに授業でも全然いいところがないし」
「ぼくに姉さんはいないけど、ベアトリスみたいに何でもできちゃう姉妹がいるのは、ちょっといやかも」と、ダーシーが笑いながら言った。
「痛いところをついてくれるね」

「気にさわったなら、ごめん。でもね、ドラゴンについて勉強を始めたばかりにしては、君はすごくよくやっていると思うよ」

「でも、ベアトリスほど、すごくはないでしょ？」

ぼくの切り返しに、ダーシーは返事をしなかった。

正直な返事をありがとう、とぼくは心の中でつぶやいた。ぼくらはしばらく黙ったまま、ジャマールの囲いに近づいていった。囲いが見えたところで、ぼくはダーシーに言った。

「ダーシーこそドラゴンについてよく知っているじゃないか。ドラゴン・マスターになりたいって思ったことはある？」

ぼくの問いに、ダーシーは驚いたように目を見開いた。

「じゃあ、ダニエル、君はドラゴン・マスターになれないかもしれないって思って、頭にきちゃってるってわけ？」

「ちがうよ、ぼくが怒ってたのは、ベアトリスの『ドラゴンの赤ん坊のことなら何でも知ってるわ』って態度だよ。でも君はドラゴン・マスターになりたくないの？」
「全然なりたくないよ」
「そらまた、なんでさ？」
「きっと四六時中、頭の痛いことでいっぱいだよ。ぼくはドラゴンのために働きたいんであって、ドラゴンのことでいつも悩んでいたいわけじゃない。それに、すごく手強いライバルが出てくるに違いないからね」
「ぼくはいつか、ドラゴン・マスターになりたい。そんなに悪い夢でもないような気がするんだけど」
　自分で言いながら、かなりきまりが悪い。そんなぼくにダーシーが笑いかけた。
「ああ、君はちょうどいい年齢だね」
「ちょうどいい年齢って？」

「ドラゴン・マスターは11歳か12歳の初級者を、自分の後継者として鍛えはじめるんだ。もちろん一人きりってことはない。たいていは同時に二人を育てる」
「同時に二人が決まりなの？」
「たとえば、博士とイグネイシャス・クルックは一緒に修行した間柄なんだ」
「でもドラゴン・マスターになれなかったからっていって、イグネイシャスみたいに無理を通すこともないよね？」
「ぼくもあれはひどいと思う。イグネイシャスのやり方は、無様だね」
ジャマールの囲いに着いたとき、ぼくはダーシーの言っていた「ドラゴン・マスターは、後継者候補を二人同時に育てる」っていう話について考えていた。ドレイク博士は、ぼくとベアトリスをそのつもりで鍛えているんだろうか？　もっとありえそうなのは、チディングフォールド男爵の二人の子ども、ビリーとアリシアだ。この夏のはじめ、二人もドレイク城に来ていたじゃないか。それとも候補者はダーシーとベアトリスかもしれない。いずれにせよ、ぼくはお呼びじゃない。赤ん坊の世話一つとっても、ぼくは全然だめだってわかっちゃったし。ああ、何だかいやになっちゃう。考えこんでいたぼくを、ダーシーの声が現実に引きもどした。

「ここに凧を置いてあるんだ」

そう言ってダーシーは茂みの中から、防水布でできたかばんを引きずり出した。

「凧って、何に使うの？」

「ジャマールに飛び方を教えるためさ。すぐわかるよ！」

ダーシーが口笛を吹くと、すぐにやんちゃざかりのワイバーンがやってきた。すさまじい音をたてて入口に現れるや、長いしっぽの一撃で柵を壊してしまった。

「プライシク　ボヤール、ジャマール！」と、ダーシーがドラゴン語でジャマールに大声で話しかけた。

「アルグライ　ヤーヤー　ダニエル！」

ちょっとの間、ジャマールは静かになった。見ると鼻面にしわをよせて、何かを思い出そうとしているようだ。それから大きく翼を打ちふると、足を踏み鳴らしてダーシーに返事をした。

「プルルルライシク　ホヤールルリ。シュムル　アルグルルリ」

「ジャマールがドラゴン語の動詞を使えるなんて、知らなかったよ！」

びっくりしているぼくに笑いかけると、ダーシーは「シュムル　アルグリ！」と、ジャマールを急かすように手をパンパンと打ち鳴らした。

「アフリカに帰ったときに困らないように、ちょっと前からガメイさんが簡単な表現を教えているんだ。ちなみに」と、ダーシーはぼくのほうを見た。

「ジャマールの名前をドラゴン語で読むと、『シュムル』になるんだ。ついでに言っておくと、アフリカはドラゴン語で……」

「ウフルルルルクウ」と答えたのは、なんとジャマールで、さらに得意げに続けた。

「シュムル　アルグルルルリ　ヤーヤー　ウフルルルルクウ」

ぼくとダーシーは顔を見合わせて笑ってしまった。「ジャマールはアフリカに向かって飛ぶ」と言ったのだ。ダーシーが囲いの戸にかかっていた掛け金を外した。訓練の始まりだ。

ぼくらはジャマールを森の中にある広い空き地に連れていった。ジャマールは、ぼくらの後ろをはねるようにしてついてくる。広場で広げたダーシーの凧は赤く、東洋の龍の絵がついていた。しっぽにはきらきら光るビーズがついている。何回も使われたと見えて、凧には無数の裂け目や破れ目があり、針金で何度も直された跡がある。凧を目にするやジャマールは、ボクサーのように片足ずつに体重を乗せかえて、かぎ爪の先でぴょんぴょんとびはじめた。やる気十分なジャマールのかたわらで、ぼくは実際に凧を揚げながら、どうあつかうかをダーシーに教えてもらった。

凧の高度を調節するために手元の糸をくりだす方法、凧をうんと高く揚げたいときに早く短い間隔でぐいぐいと糸を引くやり方などだ。ダーシーがジャマールに向き直った。

「準備はいいかい？　さあ、行くよ！」

「アルグルー　ヤーヤー　ウフルルルルクウ！」と、ジャマールも答えた。

「そうだよ、きみはアフリカに飛んで帰るんだ！　でも、まずはあそこの木を飛び越えられるぐらい、うんと高く、長く飛べるようにならないとね」

ダーシーはぼくに凧の糸巻きを手渡すと、ジャマールに叫んだ。

「ゲルプサール（上昇せよ）、ゲルプサール！　アルグライ！　アルグライ！」

ダーシーの声に、ジャマールは翼をばたつかせながら空き地を走っていく。

「シュムール　アルグルルルリ！」

前のめりになりながら、何回か翼を打つと、瞬く間にジャマールは地上から4メートルを超える高さまで舞いあがり、すぐ降りてきた。
「凧を高く揚げて！」と、ダーシーが言った。
しだいに凧を飛ばすコツがつかめてきた。ぼくが方向を変えて走るたびに、凧も空中でビーズのついたしっぽをきらきらさせて向きを変える。これがジャマールをやる気にさせるらしい。ジャマールは凧の下の草地を小走りに横切って、うろこの生えた膝をぐっと曲げると、次の飛翔に備えた。
「ゲルプサール！　アルグライ、ゲルプサール！」
ダーシーが叫ぶと、ジャマールはもう一度前のめりに飛びあがり、翼を強くはばたいた。ジャマールは今、きらめく凧のしっぽしか見ていない。ぼくらの目の前でジャマールはどんどん高度をあげていく。4メートル半、6メートル、7メートル半……。もうちょっとで凧のしっぽに届きそうになったとき、ジャマールはバランスを崩した。大きく翼を広げたまま、空中を滑るように降りてくる。

そこでぼくはひらめいた。凧の糸をちょいちょいと引くと、ダーシーにきいた。
「もう一回やってみてもいい？」
「いいよ」
ジャマールは早くもこの訓練にあきはじめていた。ぼくは凧の高度をぐっと低くした。地上にいるジャマールの鼻先を、ちょうどかすめるぐらいの高さで凧を飛ばしてジャマールを誘ったのだ。
「ゲルプサール！　アルグライ！」
ぼくが叫ぶと、ダーシーもジャマールに呼びかけた。
「ゲルプサール！」
ジャマールはまんまとのってきた。よたよたとつんのめりながら、目の前でひらひらする凧のしっぽに咬みつこうとする。でもぼくは、その度に少しずつ凧を高くした。ついにジャマールは3歩後ろへ下がると、勢いをつけて空中へ飛びあがった。

ジャマールの翼は今までになく滑らかに動き、ぐんぐん高度をあげていく。

さっきの一番高かった高度まであがって凧に届きそうになったとき、もっと凧が高く揚がるようにぼくは糸をうんと強く引いて、すばやく糸をくり出した。ジャマールは凧のあとを追い、もう地上9メートル近くまであがっている。凧のしっぽが咬みつかれそうになった瞬間、ぼくはいきなり凧の向きを大きく左へと変えた。なんと、ジャマールはついてきた！　今度は凧をすばやくジャマールの体の下にくぐらせて、右へと走らせた。すぐに高度を落としたジャマールがついてきたが、今度は左へ急旋回だ。まだまだジャマールはついてくる。

「すごいぞ、ジャマールが飛べるようになってきた！」

興奮したダーシーが叫んでいる。ぼくは凧の糸を全部くり出しながら、空き地を走った。凧はこれまでにない高さをめざして昇っていく。そしてぼくの手の中で凧の糸が尽きたとき、ジャマールはしっかりと飛んでいた。ついにジャマールは飛べるようになったのだ！　ぼくが糸を少し引いて、再び右へ凧を走らせたとき、先を読んでいたジャマールはたった2回はばたいただけで凧に追いつき、かぎ爪で二つに裂いてしまった。凧の残骸が空からひらひらと落ちてきて、木に引っかかった。ジャマールはぼくらの頭上を円を描いて飛んでいる。

「ついに飛べたね、ジャマール！　よくやったね！」

ダーシーが叫んだ。

「ダーシー、これからどうすればいいの？」

「ジャマールはまだ、あまり長いこと飛んでいられないはずだからね」

と言うと、ダーシーはジャマールに呼びかけた。

「ケラマバク！」

「どういう意味？」

「『降りてこい』だよ。でも、今までに一度も言うことをきいたことがないんだ」

ダーシーがけろりとして言う通り、ジャマールには降りてくる気配はまったくなかった。それどころか、森の中に何かを見つけたのか、ほんの数回すばやくはばたいただけで、ジャマールは見えなくなってしまった。

ぼくは不安になったけれど、ジャマールの姿が見えなくなって10秒もしないうちに、遠くないところで何かが地面に落ちる大きな音がした。ジャマールは飛び方はつかんだのかもしれないが、着地についてはまだまだらしい。やがて空き地まで歩いてもどってきたジャマールは、それでもしゃんとしっぽを高く持ちあげて誇らしげにひと声吠えた。

「シュムル　アルグルルルリ　ヤーヤー　ウフルルルルクウ！」

壊れた凧を回収すると、ぼくとダーシーはジャマールを囲いの中へもどした。森の中を歩き、もう少しでドレイク城というところで、ぼくらは頭上にはばたきを聞いた。ダーシーはたちまち顔色を失った。

「そんなこと、ないとは思うんだけど……」

おそるおそる後ろをふりかえったぼくらは、息をのんだ。ぼくらの頭上、枝を広げたカシの木からぼくらを見おろしていたのは、灰色がかった緑色のぶ厚い皮で体を覆われたドラゴンだった。『不思議の国のアリス』に出てくるチェシャ猫みたいににやにやと笑っているように見える。体はまるで苔が生えた古い石みたいで、大きな目は丸く、かぎ爪も長い。茂った枝にどっしりと落ちついていて、今すぐ襲ってくるふうには見えないけど、ひと飛びでぼくらを打ち倒せる距離にいる。

「ガーゴイルだ！」

ダーシーが興奮しながらも、不思議そうに言った。

「知っているドラゴンなの？」

「ううん。生きているガーゴイルを見たのは、これが初めてだよ」と、ダーシー。

ぼくはちょっと咳払いをすると、ガーゴイルに話しかけた。
「えっと、プライシク　ボヤール？」
「プルルルライシク　ホヤルルルリ！」
はじめまして、と言ったぼくに、ガーゴイルも、こちらこそはじめまして、と返してきた。続けて「ヴァルルルルシク　ドラク？」ときいてきた。意味がわからないぼくを、ダーシーが助けてくれた。
「ここがドレイク博士の住んでいるところかどうかを知りたいんだよ」
ダーシーは「ヴァルスク　ドラク」と、ガーゴイルに答えた。
ガーゴイルはちょっと考えるように薄くて長いかぎ爪であごをかくと、つかんだ枝で勢いをつけて、ぼくらの目の前にとび降りてきた。そしてもう一度、にやりと笑うと頭を深々と下げた。
「ジュマ　ペール　パンテオン」

今度はフランス語だ。ぼくは一生懸命、フランス語の授業を思い出そうとした。
「ええと、ジュマ　ペール　ダニエル」
ぼくはダニエルです、に「ごきげんいかが」と続けようとして言葉につまった。
「コマン……えっと、コマンタレ……」
「コマンタレヴ？」
助け舟を出してくれたのはガーゴイルで、しかも続きは英語で話しはじめた。
「ご機嫌いかが、と言いたいのかな？　君はフランス語が得意ではないようだが」
「うまいほうじゃありません」
それは認めざるをえまい。
「では英語で話すことにいたそう。諸君らはドレイク博士の教え子か？」
「どうしてわかったんですか？」
驚いたぼくに、ガーゴイルが教えてくれた。

「ワイバーンに飛行法を教授しているのを見れば、そうと知れよう。一人はドラゴン語をよくしていたが、もう一人は苦労していた様子だった」
ぼくたちがジャマールといたところを見られていたのだ。
「緊急の知らせがある。ドレイク博士に今すぐに会わねばならないが」
「ドレイク博士は、今はロンドンですよ」
「ではマドモアゼル・ガメイと話すといたそう。私の住むパリで博士から気をつけるようにと言われていた二人の人間のうちの一人、イグネイシャス・クルックが現れたのだ。もう一人のアレクサンドラ・ゴリニチカは見ておらん」
ぼくは思わず息をのんだ。
「やっぱりイグネイシャスは、生きていたんだね！」
ぼくとパンテオンが城の外で待っていると、ほどなくダーシーに呼ばれたガメイさんが不安げな顔をして現れた。ベアトリスも一緒だ。

「イグネイシャスが生きていたってさ」
そっとベアトリスにささやくと、目が驚きで大きくなった。
パンテオンがガメイさんにお辞儀した。
「弟御は元気でおられる。姉上様にもお元気で、と伝言を預かった」
ほっとした様子のガメイさんに、ガーゴイルはたたみかけるように言った。
「だが、それ以外の状況はよろしくない。4日前、イグネイシャス・クルックがアレクサンドラ・ゴリニチカを探してパリに現れた。私はイグネイシャスにパリを出ていくように言った。ゴリニチカは今、パリにはおらんのだ」
「ゴリニチカはパリにはもどらないでしょう。あんな騒ぎを起こしたあとではね」
そう言ったガメイさんに、パンテオンは首をふった。
「だが、ゴリニチカには以前にはなかった絶大な影響力がある。知っての通り、パリのガーゴイルをめぐる環境は悪化する一方だ。街は大きくなりすぎた上、今ではどこも排気ガスと騒音だらけだ。目は痛むし、耳鳴りも止まらん。多くの若いガーゴイルはこの状況にいらだっておる。ゴリニチカがパリに来てからというもの、若い者は年長者の言うことを聞かなくなった。それもあの女が若者どもの頭にくだらん考えを植えつけたせいだ」

「ゴリニチカは何を言ったんですか？」

ぼくはパンテオンにたずねた。

「若いガーゴイルに、パリの街をくれてやると言ったのだよ。そもそも、パリの街は我らガーゴイルのものだというのに！　ゴリニチカは、パリから人間を一掃する日が来ると言うのだ」

ガメイさんが我にかえったように、パンテオンに言った。

「こんな重大な話を、子どもたちの前でするべきではありませんわ」

「いやいや」と、パンテオンは再び首をふった。

「この子らはドラゴン学を学んでいるのであろう。なれば、何が起こっているのかを知っておいたほうがよい。もしゴリニチカのもくろみが現実になれば、生き残った世界中のドラゴンは一体残らず、彼女の支配下に置かれることになる。そうなれば、研究対象となる野生のドラゴンはいなくなり、ドラゴン学も無用となろう」

「ゴリニチカが何をするというんですか？」と、ぼくはきいた。

「ゴリニチカは人になれず、思い通りにできない野生のドラゴンを皆殺しにしようとしているのだ。我らガーゴイルは古い種族だ。多くのことを識り、多くのことを見てきた。恐れるものとて何もない。だがアレクサンドラ・ゴリニチカは野生のドラゴンを皆殺しにできる力を持っている。そして古き血を持つ、パリのガーゴイルの長たるこの私、パンテオンですら、彼女には畏怖を覚えているのだ」

第3章　新入生がやってきた

どんなたぐいの火であろうとも、できる限りの努力をもって子どもから遠ざけておくべきである。

――人間の育て方『リベル・ドラコニス』より

パンテオンは最後にもう一度お辞儀をすると、走りながら翼を打った。たちまちパンテオンは空高く舞いあがり、パリをめざして飛び去った。ガメイさんは、ドレイク博士に電報を打つために近くの町へ出かけていった。

「アレクサンドラ・ゴリニチカは私たちが考えていたよりも、ずっと恐ろしいことを考えていたってわけね」と、ベアトリスがため息をついた。

「うん、そうなんだよ。S.A.S.D.の宝物を盗みたいだけなのかと思っていたけど、それ以上の目的があったんだ。パンテオンは本当に怖がっているようだった」

「パリのガーゴイルたちに、いったい何が起こっているのかしら」

「ドレイク博士が教えてくれるよ」

でも、その夜ロンドンからもどってきたドレイク博士は、帰ってくるや書斎に直行して、ガメイさんと一晩中話し合っていた。そしてぼくらが起きる頃にはもう、ロンドンへ発ってしまったあとだった。あとに残ったガメイさんも、子どもが心配することではないと詳しいことは教えてくれなかったので、パリの状況についてぼくらが知るには、もう数日待たなければならなかった。

土曜日の朝、1台の馬車がドレイク城にやってくるまで、ぼくらは博士が城に帰っていたことに気づいていなかった。馬車から降りてきたのは、ドラゴン大臣のチディングフォールド男爵と、大臣の秘書であるティブスさん、それにベアトリスと同い年ぐらいの一人の女の子だった。女の子は褐色の肌をしていて、大きな麦わら帽子から三つ編みが下がっている。膝までの青い長靴下に重そうな長靴をはいている。ドレイク博士が玄関まで一行を出迎えに現れた。

「ようこそいらっしゃいました、大臣。そしてティブスさん……」

チディングフォールド男爵はくちびるをギュッと固く結んだまま、博士と握手をした。しかめっ面のティブスさんが口を開いた。

「ジャイサルメールからは何の知らせも?」

「今のところ、まだパリのパンテオンからも、続報はありません」

ドレイク博士はそう答えると、麦わら帽子の女の子に向かって両手を広げた。

「ニーア、ドレイク城へようこそ!　テキサスからは遠かっただろうと思うが、来てくれて本当にうれしいよ」

そこで博士はぼくとベアトリスを呼んだ。

「アメリカから来たニーア・ヘイズを紹介しよう。ニーアのお父さんは、君たちのご両親の仕事を引き継ぐために、ジャイサルメールに行ったのだ。お父さんがジャイサルメールで仕事をしている間、ニーアは我々とここで一緒に暮らすのだよ」

ベアトリスとぼくは順番にニーアと握手をした。ニーアは女の子にしてはなかなかの握力で、握った手を何回も勢いよく上下にふった。

「会えて本当にうれしいわ。だって今までに、ドラゴンについて勉強している他の子どもに会ったことがないんだもの」

「あなたもドラゴン学を勉強しているのね？」と、ベアトリスがきいた。

「もちろんよ！　もう思い出せないくらい、ずっと小さい頃からね。父さんがテキサスにある牧場で、親を亡くしたドラゴンの孤児院をやっているの。私はアメリカアンフィテールを5体、卵から育てたことがあるわ」

「ぼくらはちょうど今、ヨーロッパドラゴンの赤ちゃんを育てているんだよ」

ぼくはそこまで言って、つけ加えた。
「正確にはベアトリスが、だけどね。生まれたばかりのとき、水につけたせいで、ぼくを近よらせてもくれないんだ」
ニーアがぼくに、にっこりとほほえんで言った。
「私だったら、そんなまねはさせない。父さんがいつも言っていることだけど、ドラゴンの赤ん坊にいやがられようが、必要なことは必要なの。それも愛情だって、じきにドラゴンにもわかるわ。もう名前はつけた？」
「それがまだなの。ドレイク博士は、何かやったことから名前をつけるべきだっておっしゃるんだけど、まだ食べるか寝るかぐらいで、大したことをやっていないから。ドレイク博士の懐中時計を盗んだぐらいね」
「あの小さいドラゴンはまだ寝ているだろうが、世話をしている君たちがよければ一緒に行って、そっと様子を見てきなさい」

ドレイク博士はそう言うと、ぼくとベアトリスに大きく笑いかけた。
「喜んでお見せするわ！　ついてきてちょうだい」
チディングフォールド男爵が口を開いた。
「ティブスと私は卵からかえったドラゴンを見るために、はるばるロンドンから馬車を飛ばしてきたわけではないのだよ、ドレイク」
ドレイク博士は、静かに男爵を見つめ返して答えた。
「では、さっそく相談に入りましょう」
ドレイク博士が、男爵とティブスさんと一緒に玄関に消えると、ベアトリスはニーアに向き直って言った。
「チディングフォールド男爵はいつも難しい顔をされているの。気にしないでね」
「男爵の気難しさより、秘書の方の不機嫌が問題ね。ロンドンからずっとあの人が口をすぼめてたのは、きっと山ほどのレモンを召しあがったせいに違いないわ」

ニーアの痛烈な皮肉に、ベアトリスは声をたてて笑った。

「じゃあ、私たちの赤ちゃんを見にいきましょう。あの子もダニエルについては、ちょっぴり気難しいところがあるけど」

腕を組んだ女の子たちの後ろについて、ぼくも一緒に炭置き小屋へ向かった。どうかぼくの見ているところで、ベアトリスがニーアに餌をやらせるようなことだけはしませんように。あれはぼくとベアトリスのドラゴンの赤ちゃんであって、ニーアは関係ない。ベアトリスは小屋の戸を静かに開くと、ニーアを招き入れた。

ドラゴンはきらきらした巣の上で、前脚も後ろ脚も投げ出して眠っていた。

「なんて恐ろしく、かわいい子なのかしら！」

ニーアの声がちょっとうるさく響いたとき、ドラゴンが身震いをして目を覚ました。侵入者に気がついたドラゴンは、反射的に前脚でお気に入りの宝を引きよせたが、ベアトリスもいることに気がつくと、うれしそうに立ちあがった。ベアトリスが抱いてニーアに見せたときも、おとなしいものだった。でもニーアが顔をのぞきこむと、先が割れた舌をつき出した。

ニーアは叱るように、指を立てて見せた。

「女性に対するマナーがなってないわね」

ニーアはドラゴンの顔に浮かんだ困ったような表情を見て笑うと、手をのばしてドラゴンの背中を背骨に沿ってなでた。ドラゴンはなでられるのが気持ちいいらしく、背中を弓なりにしてニーアの手に押しつけると、頭としっぽを震わせた。

「まだうろこがやわらかいのね。アンフィテールの仔の尾羽よりもやわらかいわ」

「うろこが固くなるには、まだ数週間かかるって博士が言ってたわ。でも成長の度合が速いから、たぶん2、3日中には最初の脱皮をするでしょう」

ぼくもベアトリスに続けた。

「最初のうろこはまだ耐炎性じゃないだろうけど、ドレイク博士は取っておくようにって。次の野外調査用に耐炎性の手袋を作るのに使えるかもしれないからね」
「この子のうろこで手袋を作るのはいいと思うわ」と、ニーアが言った。
「去年の私の誕生日に、父さんがメキシコアンフィテールのうろこで作った耐炎性の手袋をくれたの。持ってきたから、あとで見せてあげるわね」
ニーアはドラゴンについてよく知っているように見える。でも、ベアトリスが時々やるようなひけらかしは、あまりしないでくれるといいなと思った。
「赤ん坊はよくおなかをすかせるでしょ?」とニーアがたずねた。
「すごい量を食べるけど、4日か5日に一度食べるだけなのよ。遊ぶのも大好きなんだけど、今はちょっと眠いみたいね」
ベアトリスの答えに、ニーアが言った。
「赤ん坊はみんな遊ぶのが大好きよ! ヨーロッパドラゴンも、アメリカアンフィテールも大して違わないみたいね。あなたはドラゴンの保育者の道を正しく歩いていると思うわ、ベアトリス。父さんが言うには、生まれながらにドラゴンの世話ができる人がいる一方で、さっぱりできない人もいるんですって」

きっとぼくの気分が顔に出ていたに違いない。ニーアはすぐにつけ加えた。

「ごめんなさい、ダニエル、あなたのことを言ったわけじゃないのよ。赤ん坊をなつかせるために、何か欲しがるものを見せてみた？」

「ぼくもそれを考えていたところさ」

ベアトリスが何かを言いかけたが、腕の中の赤ん坊が大きなあくびをしたので、何も言わずに口を閉じた。ニーアがドラゴンを見て目を細める。

「この子、眠くてたまらないんだわ。もう寝かせてあげなきゃ」

ドラゴンをおろして小屋から出ていこうとしたベアトリスに、ぼくは声をかけた。

「ぼくはちょっと残るよ」

ぼくはドラゴンからは見えないように背を向けて、ポケットから取り出したコインをベアトリスに見せた。
「これで試してみようと思うんだ」
「うまくいくといいわね。でも、ドラゴンを怖がらせないように注意してね」
ベアトリスはそう言うと、ニーアと一緒に出ていった。小屋にドラゴンとぼくだけになると、ぼくはコインをポケットへもどした。ドラゴンは眠っているふりをしているだけで、本当はこっちを見ている。宝物を盗まれないように見張っているのだ。ぼくは別のポケットから、火打石と黄鉄鉱のかけらを取り出した。
「見てごらん」
ドラゴンにはまだ話していることはわからないだろうと思いつつ、小さい声で呼びかけた。ドラゴンは頭を片側にかしげて、じっと石を見ている。
「いつか君もこんなことができるようになるんだよ」
ぼくが火打石を打ち合わせると、まぶしい火花が散った。

ドラゴンが立ちあがった。好奇心で目をらんらんとさせている。ぼくはまた石を打ち合わせた。ドラゴンがゆっくりとぼくのほうへやってくる。やったぞ！

ぼくは心の中で叫んだ。ドラゴンは小走りになり、ついにはぼくのまわりをぐるぐると走りだした。時々じゃれつくようにとびあがって石を取ろうとするけど、全然届かない。

「火を吐くにはまだ早いよ。もうちょっと大きくなったら、君も自分の石を持てるから」

ドラゴンは火打石から片時も目を離さなかったが、ぼくが火打石をポケットにしまうと、あきらめたように巣のてっぺんへもどっていった。

「次はごはんのときに来るよ。おまえが一番好きなのは、だれになったのかな？」

ばかなことをしたとはわかっていたけど、気にならなかった。扉のほうへ行きかけたとき、ドラゴンが巣から降りてきて、ベアトリスにしたみたいにぼくの足に体をこすりつけた。やっと、ぼくのことを好きになってくれたんだ！

ベアトリスとニーアが小屋の外で待っていた。

「あの子を怖がらせたりしなかったでしょうね？」

ベアトリスの声には、疑うような響きがあった。その気になれば、ぼくの痛いところをぐっさり刺すことなんか、ベアトリスには朝飯前だ。

「怖がらせてなんかいないったら」

ぼくもむきになって言い返した。そんなぼくにベアトリスは「今日のあなた、へんよ」と言うと、さっさとニーアのほうへ向き直った。

「ナッカーは見たことある？　この森に1体いるのよ。名前はウィーゼルっていうの。あまり賢いほうじゃないんだけれど、見つけやすいの。行ってみない？」

「すごく見たいわ。それじゃ歩きながら、フロストドラゴンを探してカナダへ行ったときのことを話すわね」

ニーアが話しはじめたそのとき、炭置き小屋の中から何かを力まかせにたたいているような騒々しい音がした。急いで小屋へもどったが、ぼくらがたどり着く前に音はやんでいた。窓から小屋の中をのぞくと、ドラゴンは巣の上で丸くなっていて、何も変わったところはない。

「本当に、ドラゴンを怖がらせたりしなかったんでしょうね」

ベアトリスは完全にぼくを疑ってかかっている。

「そんなことしてないよ」

そう言い返したとき、小屋の中から盛大なしゃっくりが聞こえてきた。
「何か変なものを食べさせたんじゃないでしょうね？　もしばかなことをしてたら、ただじゃおかないから」
「何もしてないって言ってるじゃないか！」
ぼくはベアトリスに怒鳴り返した。
「何度言えばいいのさ！　ウィーゼルをニーアに見せたければ、行ったらいいさ。ぼくは帰るよ。またばかなことをしでかすかもしれないからね！」
ぼくはベアトリスとニーアをそこに残したまま、一人で走って帰った。

第4章　最悪の火事

ドラゴンを飼育しているとき、もし不穏な様子が見えた場合には、火と爪をもって阻止すべし。

――我らがうろこなき友についての覚え書き
人間学『リベル・ドラコニス』より

ドレイク城の庭まで走ってきたとき、ぼくの耳に言い争う声がとびこんできた。チディングフォールド男爵と秘書のティブスさん、それにドレイク博士が議論の真っ最中で、ぼくは博士の部屋の窓の下に座りこんだ。

「イギリスにいて、イギリスのドラゴンを保護して守ることが、イギリスのドラゴン・マスターたるあなたの職分なのであって、世界中のドラゴンの救世主よろしく、あちこちをふらふらするなど、あってはならんのです」と、ティブスさん。

今度はチディングフォールド男爵だ。

「思いあがった何体かのガーゴイルについては、ガメイ氏とフランスのドラゴン・マスターがなんとかするだろう。マハラワルがジャイサルメールで抱えている問題は、すでにイギリスからは2度も救援を送っているのだから、あとはあちらで片づけていただきたい。ナーガの間に広まっている伝染病は今のところ、生命の危機には至るものではないと君も言っていたではないか」

「ですが、それらの問題が互いに裏でつながっていることを、おわかりいただきたいのです」とドレイク博士が言った。

「我々はクック夫妻を派遣しましたが、ナーガの伝染病の詳細についてはまだよくわかっておらず、病気はさらに広がっております。そして、この事態をひき起こしたのは、どうやらアレクサンドラ・ゴリニチカらしいという報告もあります。北イ

ンドに生息するナーガを悩ませている病気については追って明らかにされるでしょうが、彼女はパリでも騒動を起こそうとしている。我々は彼女の企てを阻止する必要があるのです」

「これだけ長い間、打つ手がないまま病気が広がっているにもかかわらず、１体のナーガも病気で死んでおらん以上、大した脅威とは思えんな」

チディングフォールド男爵に続けて、ティブスさんも言った。

「確証がない段階では我々は何も信じる

わけにはいかない。ロシア女はただのつまらんコソ泥だったという話のほうがありえる。じきに逮捕されるだろうが」

今度はドレイク博士が反論した。

「たしかに、ゴリニチカは泥棒です。だが彼女が危険な存在であることはご承知いただかないと困ります。ゴリニチカがフランスのドラゴン学協会に現れたとき、ベルナルド・ガメイが作った調査書はお読みになりましたか。

アレクサンドラ・ゴリニチカはシベリアの貴族の出で、代々ドラゴンを守ってきた家系でした。ところが彼女がまだ幼いとき、野生のドラゴンの群れが彼女の家族を皆殺しにする事件が起きたのです。それ以来、ゴリニチカは野生のドラゴンを憎み、その復讐としてすべてのドラゴンを従わせようとしているのです」

「そして、彼女に従わないドラゴンをすべて抹殺しようとしているのだったかな。我々もその調査書は読んでおるが、それは、パリのガーゴイルの騒乱や、いわんやナーガの伝染病がゴリニチカのせいだという証拠にはならんだろう！」

声を荒げたティブスさんに、博士はくいさがった。

「では、その他の報告についてはどうですか。パリを騒がす若いガーゴイルの反乱は別としても、通常は北へ渡るフロストドラゴンが、南へ飛ぶのが目撃されたのは？黒いヨーロッパドラゴンの大群が昼日中、東へ向かうのが見られたというのは？我々が見落としている何か重大なことがあるに違いないんです。ナーガを苦しめている伝染病が、中国の龍にも広がっているといいます。私はことの真偽について、知性あるドラゴンたちに調べてもらうようにパンテオンに頼みました」

「それでいい。君が動く必要はないのだよ、ドレイク」

チディングフォールド男爵が続けた。

「ガーゴイルの騒動に関わるのは、イギリスのドラゴン・マスターとしてはふさわしくない。調査の結果、騒動はただのうわさだったとわかるだろうがね」

「そう希望するとしましょう、閣下」と、ティブスさんが答えた。「ドレイク、忘れないでほしいのは、S.A.S.D.はドラゴンの存在を世間から隠すためにあるということだよ。首相もS.A.S.D.の12の宝物のうち、3つが盗まれては将来困ったことにならないかと、いたく心配しておいでだ。3つの宝物を取りもどすことが最重要だが、この件の担当はエメリー・クロスくんであって君ではない」

「ティブスくんの言う通りだ」と、チディングフォールド男爵が引き取った。

「ナーガの伝染病が世界的な危機にならんうちは、君がイギリスを離れることはまかりならん。ただし、ワイバーンの件は別だ。あれをアフリカへもどすことは何よりも重要だ。あれが逃げ出すたびに、私は気をもまされるのだ」

「お言葉ですが大臣、私はもう一度お考えいただけるように申し上げ……」

ドレイク博士の声は、突然起こった爆発音でかき消された。ぼくも飛びあがった。

音は城の反対側から聞こえてきた。城の角を走って曲がると、炭置き小屋が炎に包まれているのが見えた。はっとしてポケットを探ってみると、やっぱり火打石と黄鉄鉱がない。ぼくの足に体をこすりつけたとき、ドラゴンが盗ったんだ。屋根から炎が巻きあがり、扉の下からは煙が吹きだしている。そして、小屋の扉に内側から何かが体当たりをくり返す音がする。ドラゴンの赤ちゃんが中に閉じこめられたままなのだ！

「大変だ！　炭置き小屋が、たいまつみたいに燃えてる！」

城からドレイク博士がとび出してきた。小屋へ駆けつけて扉の把手を握ったが、炎でかんかんに熱くなっていたのですぐに手を離した。ベアトリスとニーア、それにダーシーも森のほうから芝生を走ってくる。

「ドラゴンの赤ちゃんがまだ中にいるの？　すぐに外に出してやらないと！」

ベアトリスが叫んだとき、ガメイさんの大きな声がした。

「そこをどいて！」

ガメイさんは、水でいっぱいの鍋を持ってぼくらの横をよたよたと走っていき、小屋に向かって水をぶちまけた。

「よし、池の水で火を消そう」と、ドレイク博士がきびきびと指示を出した。

「ダニエル、君は私の書斎に行って、耐炎性手袋と耐炎性マントを取ってきてくれ。他の人は池からのバケツリレーだ！」

急いで水を入れる容器を見つけると、みんなで池からバケツリレーを始めた。水をくむのはガメイさんで、次がチディングフォールド男爵、ティブスさんと続き、水を力いっぱい小屋へかける役をニーアとベアトリスが引き受けた。空っぽになった容器をダーシーが集めて、ガメイさんのところへもどしにいく。ぼくが全速力で手袋とマントを見つけて火事場にもどると、ドレイク博士が言った。

「耐炎性マントを私によこして、君は手袋をはめなさい」

ぼくが手袋をはめている間に、博士はかぶっていた帽子を脱ぎすてて、耐炎性マントの両端を両手に持って大きく広げた。

そして小屋の戸の前に膝をついて構えると、ニーアに言った。

「ダニエルが小屋の扉を開けたら、水を小屋の中に向かってかけなさい。赤ん坊がとび出してきたら捕まえるが、もし私が捕まえそこなったとしても、君たちは絶対に触ってはならん。君たちが燃えることになる」

ぼくはぎりぎりのところまで小屋の扉に近づき、ドレイク博士の合図を待った。

「ダニエル、今だ！」

把手をもぎとる勢いで扉を開けると、ニーアとベアトリスが二人して小屋の中に水をぶちまけた。そのとたん、怯えきったドラゴンの赤ちゃんが炎をくぐり抜けてとび出してきて、ドレイク博士の足の間をすり抜けようとした。博士はすばやくかがみこむと、ドラゴンを捕まえてくれた。じたばたしていたドラゴンがマントに包まれておとなしくなると、博士はぼくを呼んだ。

「池にドボンとやって、赤ん坊の体温を下げてやってくれ」

ドラゴンの赤ちゃんがいやがることをまたぼくがやらなきゃいけないなんて、おもしろくない！　でも、他のみんなはまだ消火活動にいそがしく、だれも手があいていないのだ。

池ではじめてマントから出し、手袋をした手で慎重に抱きあげた。抱きあげたままで池の中に入っていくと、ドラゴンは翼をバタバタさせるわ、後ろ脚で蹴るわと力の限りに暴れたが、ぼくは放さなかった。がっちりつかんだままドラゴンを水に沈めると、たちまち池の水面に水蒸気の雲が広がった。水の中のドラゴンの鼻からは、泡が二筋ぶくぶくとあがっている。ぼくが手を離すと、ドラゴンは水しぶきを立てて池をとび出していった。

ずぶぬれになった靴を鳴らして池からもどると火は消えていたが、小屋はめちゃめちゃだった。壁は黒焦げで煤だらけ、置いてあった炭はほとんどが燃え尽きていたけれど、まだいくつか燻ってオレンジ色に光っている。ドラゴンの巣山はほとんどが金属製のものだったので、少し黒ずんだぐらいですんだ。

「かわいそうにね」

びしょぬれになったドラゴンを見てベアトリスが言った。

「でもいったい、どうしてこんなことになったのかしら」

まさにそのとき、ドラゴンは口を大きく開け、長く薄青い炎を吹き出した。

「この小悪魔め！　もう火が吐けるというのか」

チディングフォールド男爵の声に、ドレイク博士がなぜかぼくを見た。みんなの目がぼくに集まる。ぼくは小さな声で告白した。

「ドラゴンの赤ちゃんは、ぼくのポケットから火打石と黄鉄鉱を盗ったんです」

「盗ったとしても、あなたがそれを持っているって、なぜ知っていたの」

ベアトリスの追及に、耳が燃えるように熱くなった。

「石を打って火花が出るところを、ちょっとだけ見せてやったんだ」
ドレイク博士が静かに言った。
「規則に背いている上に、ドラゴン学者としての常識にも反する」
「厳しい罰が下されなくてはならん」と、チディングフォールド男爵も言った。
ベアトリスの問いただすような視線に、ぼくは顔をあげられなかった。今度こそS.A.S.D.から追い出されるんだ。そのときドラゴンが立ちあがると、ぼくのほうへよたよたとやってきた。ぼくの足にぐいぐいと体をこすりつけて、ぼくを見あげている。ごめんよ、今は遊んでやれない。でも、一人は友だちが残ったってことかな。
「ねえ、今ならこのドラゴンに名前がつけられるんじゃない？」
出し抜けに言い出したニーアを、みんなが見つめた。
「ダニエルが『小屋がたいまつみたいに燃えてる』って言ってたじゃない？　この

子のお兄さんがスコーチャー（『焦がし屋』）だったんなら、弟はトーチャー（『たいまつ小僧』）に決まりよ」

ベアトリスが皮肉まじりに答えた。

「そうね、トーチャーはぴったりの名前だと思うわ。名前を呼ぶたびに、どうしてそう呼ばれることになったのか、いつも思い出せるわね、ダニエル」

ぴったりだとは思ったけど、ぼくは何も言わなかった。ただ、博士から除名の宣告が下されるのを待っていた。そのとき、城の玄関ベルがけたたましく鳴った。

「もしもーし、だれかいませんか！　ドレイク博士に電報をお届けにきました！」

少年が叫んでいる。

チディングフォールド男爵とティブスさんが目と目を見かわした。

「君の処遇については、またあとで考えるとしよう、ダニエル」

ドレイク博士はそう言うと、玄関に向かって角を曲がった。でも、電報を手にすぐもどってきた博士の表情から、それがひどく悪い知らせなのだとわかった。
「それは何だね。ジャイサルメールからの知らせか？」
「そうです」
博士はティブスさんに電報をさしだした。ティブスさんの横から電報をのぞきこんでいたチディングフォールド男爵の目が、驚きで大きく見開かれた。
ぼくはなぜか口の中がカラカラになるのを感じた。ドレイク博士がぼくらにも電報を見せてくれた。それはジャイサルメールのマハラワルからだった。

ナーガノ　ヤマイハ　シニイタル
スベテノ　ドラゴンニ　ハメツノキキ　セマル
クックフサイハ　ユクエフメイ
スグ　コラレタシ

第5章　ドレイク博士、インドへ

ホノリフィク・アビリトゥディニ・タティーブス（ラテン語）／尊敬を受けるに値する資質。または、ドラゴン・エクスプレスの気高いドラゴンたちが有する気質のこと。

――語彙集『リベル・ドラコニス』より

「二人のイギリス人ドラゴン学者が行方不明になったのですぞ。これが『世界的な危機』でなくて何でしょうか。私は二人を探しに、ただちにインドへ参ります」

ドレイク博士がチディングフォールド男爵とティブスさんに向き直った。

「でも今すぐ出発しても、4週間はかかります」と、ベアトリスは心配そうだ。

「いや、『ドラゴン・エクスプレス』なら、ずっと早く着くはずだ」
今すぐにでも出かけそうなドレイク博士に、ティブスさんがあわてて言った。
「待ちたまえ、ドレイク。あれはこの150年間、だれも使っておらんのだぞ」
「そうであったとしても、私はドラゴン・エクスプレスで参ります」
ドレイク博士の言葉に、意志の固さを見て取ったチディングフォールド男爵が苦々しげに口を開いた。
「ドレイク、私は賛成はせんが、今の君を説得するのは無駄だろう。今回は止めだてしないが、必ず無事に帰ってくると約束してくれ」
ドレイク博士がうなずくと、男爵はかたわらのティブスさんに言った。
「ただちにロンドンへもどって首相に報告せねば。お喜びにはならんと思うがな」
チディングフォールド男爵とティブスさんの馬車を見送ると、博士はベアトリスとニーアの二人に言った。

「二人でトーチャーの面倒を見ていなさい。その間にダニエルが小屋の片づけをはじめられるだろうから」

そしてぼくのほうを向くと、重々しい声で言った。

「着替えてから、燃えるものはすべて小屋の中から運び出しなさい」

博士はそう言って城へもどっていったが、きびすを返す直前、いたずらっぽく片目をつぶってみせたのをぼくは見た。どうやら、今回は追い出されずにすんだらしい。ほっとしたら、ぽろりと言葉がこぼれた。

「トーチャーをこんな目にあわせて、本当にごめん」

ぼくが謝ると、ベアトリスが静かに言った。

「トーチャーのことはもう、心配しなくてもいいわ。今は、お父さんたちのことのほうが心配だわ」

「博士は見つけてくれると思う？」
「あたりまえでしょ」と言ったものの、ベアトリスの声はどこか自信なさげだった。
ぼくが濡れたズボンと靴下を急いで着替えて、城の外にとび出すと、ベアトリスとニーアがトーチャーを追いまわしていた。トーチャーがくわえているものを取りあげようとしているらしい。ベアトリスが息を切らしながら教えてくれた。
「ティブスさんの懐中時計をトーチャーが盗っちゃったみたいなの。気づいたら、あの人きっとカンカンよ。文字盤のワイバーンの絵がへこんじゃってるわ……」
そのとき、ドレイク博士が城から出てきた。右手にステッキ、小さなかばんを肩から下げ、左手にはすばらしいドラゴン用の鞍を提げている。博士は芝生の真ん中でドラゴンを呼ぶ笛「ドラゴンの呼び笛」を取り出した。博士が呼び笛を3回強く、短く吹き鳴らすと、まずトーチャーがティブスさんの懐中時計を放り出して、博士の足元に走りよった。セント・レオナードの森からは、ジャマールとウィーゼルの頭がのぞいた。呼び笛にひかれて出てきたらしい。ガメイさんは手際よくジャマールを森の奥へ連れていきながら、ウィーゼルにも何回か大きな声をかけただけで追い返してしまった。森の入口で、ガメイさんはふり返った。

「いってらっしゃい、博士。どうかお気をつけて」

「大丈夫ですよ、ガメイさん。できるだけ早くもどって来るつもりです」

博士はそう言うと、今度はぼくらを見た。

「君たちのご両親を見つけるために、どんなことでもするつもりだ。少し時間がかかるかもしれないが、その間、君たちにはトーチャーの面倒を見ていてほしい。そしてニーアがここに早く慣れるように助けてやってくれたまえ」

ガメイさんの後ろ姿を見送りながら、博士はため息をついた。

「気がかりなのは、ジャマールだ。アフリカに帰るべき時が近い。だが心配はいらないよ。パンテオンが用意をしてくれているし、いつ何をすればいいかも調整ずみだ。私からもドラゴンの情報網を使ってパンテオンと連絡を取るから、何か新しい知らせがあれば、パンテオンが君たちのところへ直接来るだろう」

「パンテオンって、初めて聞く名前だけど?」と、ニーアが小声でたずねた。

「パンテオンはパリに棲むガーゴイルだよ」と教えると、ニーアは興味津々だ。

ドレイク博士は、期待をこめて空を見渡している。ぼくらも一緒に空を見あげて待った。少しすると、空のかなり高いところにぽつんと緑色の小さな点が現れた。降りてくるにしたがって点はどんどん大きくなり、芝地に降り立ったときには、巨大なヨーロッパドラゴンになった。その大きさといったら、うろこに覆われた角のある頭は、高々とそびえる周囲の木のてっぺんと同じぐらいのところにあった。

このドラゴンの名前はイドリギアという。ぼくとベアトリスはS.A.S.D.の宝物の一つ、伝説の宝石「ドラゴン・アイ」を探す冒険で、イドリギアの背中に乗せてもらったことがある。ぼくらに気づくと、イドリギアの大きな頭が降りてきた。

夕食に使う皿ほどに大きな目がぼくらを正面から見つめる。ベアトリスが用心のためにトーチャーを抱きあげると、イドリギアが口を開いた。

「また会えたな、子どもたち。その赤ん坊をおろしていてもかまわないよ」

ベアトリスがトーチャーを地面におろしたとたん、トーチャーはベアトリスの後ろに走りこんだ。イドリギアから隠れたつもりらしい。イドリギアがおもしろがるように、さらに頭を低くした。あごが地面につきそうだ。

「プルルルレイシク　ボヤールルルル」

イドリギアはトーチャーにドラゴン語で挨拶をした。トーチャーにイドリギアの言葉がわかったとは思えないけど、その目は驚きで丸くなっている。やがてベアトリスの後ろから出てくると、イドリギアに近づいてそっとにおいを嗅いだ。イドリギアのほうもトーチャーを嗅ぎ返して言った。

「これはなかなか興味深い出会いだ。私が飛び立つときには、赤ん坊が風で吹きとばされないよう、しっかり捕まえておくことだ」
助言にしたがって、ベアトリスはトーチャーを胸の前に抱きあげた。
「来てくれてうれしいよ、イドリギア」と、ドレイク博士が言った。
「申し訳ないが、火急の用事でね。また乗せてもらえないだろうか」
「貸しになってもよければ乗せよう。だが長い間、なわばりを離れるわけにはいかない。どこまで飛べばいいのだ？」
「東へ。ドイツのハルツ山地にあるブロッケン山をめざしたいのだ」
「では東へ飛ぼう」
イドリギアと博士の話が決まると、あとはあっという間だった。
ドレイク博士はイドリギアの巨大なおなかの下に長い紐を何本も渡して、ドラゴン用の鞍をイドリギアの背中にしっかりと結びつけた。そしてかばんを鞍の前輪にしばりつけるとステッキを手に、ひらりとイドリギアの背にまたがった。

「いいかね、ニーアが落ちつけるように気をつけて。それから、ジャマールとトーチャーの世話もしっかり頼む。それとベアトリス、今回はダニエルも学習しただろうから、あまり責めないように」

博士はイドリギアの背から、ぼくらを見おろした。

「連絡ができるようになったら、すぐに知らせを送る。だがそれまでの間、あまり心配しないように。ご両親はきっと無事でいる。物事にはすべて理由があるはずなのだ。それでは諸君、いかなるときもドラゴン学者としての勉強を怠らないように心がけなさい！」

そう言い残すと、博士は急上昇していくイドリギアの背に乗って、やがて見えなくなった。博士を見送っているときに、ふと疑問がわいた。

「イドリギアがドイツまでしか飛ばないなら、どうやってインドまで行くの？」

ニーアが前にお父さんから聞いたという話をしてくれた。

「『ドラゴン・エクスプレス』は、ドラゴン学に精通したベテラン学者の移動手段で、駅馬車みたいなものなの。違いは乗り継ぐのが馬車じゃなくて、ドラゴンだってこと。ある地点まで1体のドラゴンに乗っていったら、着いた場所で次の地点まで飛んでくれるドラゴンを見つけて先へ行くの」

「ドラゴン・エクスプレスで行くと、インドまでどのくらいかかるのかしら」

「どこを通るかにもよるわね。南まわりで行ったほうが暖かいけど、1週間かそれ以上かかるんじゃないかしら。まっすぐ向かえば、数日で着くでしょうけど」

「ドラゴン・エクスプレスのメンバーは、決まっているの？」

「そうよ。それに乗るには特別な合言葉がいるわ」

「君はそれ、知ってるの？」ときいたぼくに、ニーアは首をふった。

「父さんも知らないと思う。合言葉は後期ドラゴン学上級のドラゴン学者だけが知っているの。それにドラゴン・エクスプレスが使えるのは、ドラゴンが危機に直面したときだけよ。なわばりから離れるほど勝手はわからなくなるし、山脈を越えるときには、乗り手が呼吸できなくなるから低く飛ばないといけないんだけど、その分目撃されやすくなるし。いろいろ危険を冒さなきゃいけないから、ドラゴンにとっても最後の手段なのよ」

ぼくはニーアの話に、イドリギアに乗ってスコットランドからもどってきたときのことを思い出した。上空で感じた息苦しさは、空気が薄かったせいだったのだ。

焼けた炭置き小屋を片づけるのには数日かかった。小屋は石でできていたから焼けおちはしなかったけど、あちこちが真っ黒に焦げていた。トーチャーの黒くなってしまった宝物もきれいにして、煉瓦の上に積み直してやった。ベアトリスがトーチャーの世話をしている間は、ニーアも片づけを手伝ってくれた。

ぼくもベアトリスも、お父さんたちのことが心配でたまらなかった。ドレイク博士がきっと見つけてくれるよね、と励ましあいながら、時間があれば庭に出てパンテオンが来ないかと空を見つめた。

その間もガメイさんとダーシーは、ジャマールの飛行訓練を続けていた。今ではジャマールもかなり遠くまで飛べるようになっていた。ニーアもドレイク城での生活にすっかり慣れて、ジャマールの訓練を手伝ったりするようになった。

トーチャーはまだほとんどの時間を眠っているけど、一度起きるとなかなかやっかいだった。このドラゴンの赤ん坊はほしいと思った光るもの（きらきらするものなら、何でもけっこう！）を本当に上手に盗むのだ。たとえば、ぼくの日曜日の晴れ着のボタン、ニーアの麦わら帽子についていたピン、そしてガメイさんのダイヤの耳飾りも被害にあった。耳たぶにつけていた耳飾りを、ガメイさんに気づかれずにどうやって盗ったのか、だれにもわからない。それからは、ぼくらももっと気をつけるようになったけど。ぼくにとって何よりもうれしかったのは、トーチャーがぼくの手から餌を食べるようになったことだ。

こんなこともあった。ぼくらが庭でトーチャーを遊ばせているとき、突然ウィーゼルが下生えの間から、ウサギを追いかけてとび出してきた。すると、遊びたいさかりのトーチャーが、ウィーゼルの後ろ脚のかかとに咬みついたのだ。

「あんなまね、ジャマールにはしなきゃいいけど」

ベアトリスがため息をついた。

ある朝のこと、森からの帰り道を歩いていたぼくにベアトリスが駆けよってきた。

「ニーアと一緒に重大な発見をしたの！　早く来て！」

めんくらうぼくに構わず、ベアトリスは腕をむんずとつかんだ。

「来ればわかるから！」

ベアトリスはぼくを、ニーアとトーチャーのいる炭置き小屋に連れていった。

「ニーア、ダニエルに私たちの大発見を見せてあげて」
「きっとダニエルもやりたくなるわ」
ニーアはトーチャーをなでではじめた。
「トーチャーったら、おなかをさわられるのが大好きなのよ」
ニーアがトーチャーのおなかをなでだすと、トーチャーは高い声をあげて、体をくねらせた。
「それでね、ここをくすぐると」と、ニーアがあごの下をくすぐると、トーチャーはとび起き、大きな音をたててしゃっくりをした。そのときだった。トーチャーが薄青(うすあお)い色の炎(ほのお)を吐(は)いたのだ！
「すごい、火を吐いた！」
「そうなの！　あごの下をくすぐると、火を吐くのよ」
ぼくがやっても、同じようにトーチャーは火を吐いた。つまりぼくたちは、いつ

でも好きなときにトーチャーに火を吐かせることができるようになったのだ。

ついに待ちに待ったパンテオンがやってきた。その日、ぼくらはジャマールを見に森へ行っていた。中庭にもどってきたとき、はじめはドラゴンの石像が届いたのかと思った。その石像がぼくらのほうへ首をぐるりと回したとき、やっとそれがパンテオンであることに気がついたのだ。ガーゴイルが完璧に石像に擬態できることを、ぼくはその瞬間に理解した。

「プライシク　ボヤール、パンテオー！」

ぼくはパンテオンの名前もちゃんとドラゴン語読みにして呼びかけた。

「プルルルライシク　ホヤール」とパンテオンが返してきた。

「うわさのガーゴイルね。お目にかかれて、すさまじくうれしいわ！」

ニーアはそう言ってパンテオンの前脚のかぎ爪を握ると、例の上下に激しくふる握手をした。

「こちらこそ、ごじっこんに」とパンテオンも礼儀正しく挨拶を返した。

「もっと丁寧にご挨拶申し上げたいところだが、今はそんな時でないのが残念至極。大至急、マドモアゼル・ガメイと話さなくてはならんのだ」

ベアトリスがガメイさんを呼んでくると、パンテオンは話しはじめた。

「まず、ドレイク博士が無事にジャイサルメールに到着した由、報告が参った。ご両親については」と、パンテオンはぼくらを見てちょっと言葉を切って続けた。

「ご両親は生きていらっしゃるが、誘拐された可能性が非常に高い」

「お父さんたちを誘拐なんて、いったいだれがそんなことを！」

「博士はゴリニチカが糸を引いているとにらんでおる。君たちのご両親だけではなく、ここ2週間ほどでドラゴン学者が次々と姿を消しているのだ」

ぼくは思わず口を開いた。

「ゴリニチカの目的は何ですか」
「それはまだわからん」と、パンテオンが言った。
「だが、ドレイク博士が手を尽くし、必ず救出するに違いあるまい」
「私の父さん、ノア・ヘイズについて、何か知らせはありませんか？」
「ヘイズ氏は数週間前にジャイサルメールに到着された。誘拐の危険を承知の上でタール砂漠へ出かけられたそうだ。お父上がまだ生きているナーガを見つけるのに間に合えばいいが。というのも、何年も軽微な症状のままナーガの間に広がっていた病気が突然変異して、感染すれば必ず死ぬ疫病になったのだ。
　さらに恐ろしいことに、タール砂漠外にもこの疫病が広がりつつある。ナーガを助けに中国から来ていた龍が故郷へもどったとき、病気を持ち帰ってしまったようなのだ。すでに何体もの龍がこの病気の初期症状を呈している。もしこのように広がり続けるとすれば、被害はどこまで広がるか、だれにも予測がつかない」

「でも」と、ぼくは口をはさんだ。
「ゴリニチカがドラゴンを支配したいんだったら、どうしてドラゴンの命を奪うような恐ろしい伝染病をばらまいたりするの？」
パンテオンが静かにぼくを見た。
「理屈が通らないように見えることにも、理由はあるものだ。まだ君にはわからんかもしれんが。だがドラゴンに手を出して、予測もつかず望まれもしない結果を手に入れようとする無謀なドラゴン学者は、ゴリニチカが初めてではないのだよ」
ぼくはパンテオンを見つめることしかできなかった。
「さて、私はイギリスに棲むドラゴンの『ドラゴン協会』に行かねばならぬ。ドラゴン側からの救援をもらえないか、きいてほしいとドレイク博士に頼まれているのだ。ジャマールの様子を見たら、すぐに協会を訪ねて、その足でパリへとんぼ帰りだ。若いガーゴイルの間で、さらなる騒動が画策される恐れがあるのだ」

そう言ってパンテオンはぼくらに別れを告げ、森の中へ急いでいった。

その夜、ぼくは両親のことが心配で全然眠れなかった。イギリスのドラゴン協会が助けてくれるかどうかも、気がかりだった。

次の朝、みんなでトーチャーを芝生の上で遊ばせてやっているときに、玄関のベルが激しく鳴った。ドレイク博士からの知らせかもしれない。

城の表にまわると、玄関の外でガメイさんが細長い灰色のものの上にかがみこんでいた。ドラゴンの脱皮したあとの皮のようだ。なぜかそれを届けに来たものの気配はなかった。ガメイさんの肩越しにのぞきこむと、その皮にはドラゴン文字が書きつけてあった。ぼくもベアトリスも即座に読み取れた。博士にドラゴン文字を習っていて、本当によかった。なぜなら皮の上の文字は、ぼくらが読む先から消えはじめたからだ。

S.A.S.D.のドラゴン学士諸君

我々の多くの同胞が苦難にさいなまれていることを、ただいま聞き知るに至った。我々には治療の手だてがある。ロンドンのドラゴン・マスターの小部屋には、二つの大いなる宝がある。本と杯だ。本には古い処方箋がのっており、その薬を杯の中にて調合すれば万病の治療薬となる。ドラゴン・マスターの弟子たちよ、君らをおいてこの使命を託せる者はない。任務を妨げられぬよう、何者にも秘密にして遂行せよ。くだんの小部屋への通路は隠されている。ドラゴンの幼体がその道を照らす。ドラゴンの飛ぶ速さでなすべきことをなせ。

文末には署名のかわりにドラゴンの前脚の印があった。この印は手紙の文字が消え去ったあとも、皮の上にくっきりと残っていた。

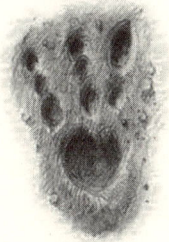

第6章　重大な任務

社交的かつ用心深いガーゴイルをのぞき、いかに関心をそそられることがあったとしても、ドラゴンは人間の町に出向くべきではない。

――我ら(われ)がうろこなき友人についての覚え書き

人間学『リベル・ドラコニス』より

指示がたとえイギリスのドラゴン協会から届(とど)けられたものでも、ガメイさんが首をたてにふらないのは予想していた通りだった。ドレイク博士の許可もなしに子どもたちだけでロンドンに行かせるなんて、とんでもないというのだ。

特にぼくらがトーチャーを連れていくことについては、最後まで反対だった。でも手紙に残された印は本物のドラゴンのものだったし、これが正真正銘(しょうしんしょうめい)のドラゴン協会からの指令であることは、ガメイさんもわかっていた。それに乗じてぼくらは、ダーシーを「保護者」と見なすことができるぐらいの年長者であると言い募り、なんとかガメイさんに「行ってもよろしい」と言ってもらうことができた。

次の朝、ベアトリスとニーアとぼくは、ダーシーに引率される格好でロンドンのウォータールー駅をめざして汽車に乗りこんでいた。トーチャーはじゅうたん製の大きな旅行かばんに入っている。上に提げ手と、ぱっくり開く大きな口がついているかばんだ。ウォータールー駅からは歩いて「ドラゴナリア」に行く。「ドラゴナリア」はワイバーン小路にあるドレイク博士の店だが、実はS.A.S.D.の本部なのだ。

汽車に乗ってしばらくは、ぼくらは6人用の個室をまるまる、ぼくたちだけで使えた。トーチャーの入った旅行かばんを床の上に置き、みんなで目を離さないようにした。城を出る直前、ぼくらは肉屋から運ばれてきたばかりの新鮮な肉の山をトーチャーに食べさせた。おなかがいっぱいになれば、眠ってくれるのではないかと期待していたのだが、今のところトーチャーはまだしゃっきりと起きている。静かにさせておくため、トーチャーにはガメイさんの耳飾りと、ティブスさんの懐中時計というお気に入りのおもちゃを持たせてある。懐中時計は今では見る影もなく、色もはげてへこみだらけになっていた。

もう一つのかばんには、ガメイさんが用意してくれたサンドイッチとレモネードが入っている。ぼくらのお弁当だ。実はローストチキンも入っていたのだが、トーチャーがむずかったとき、なだめるためにとっておくことになった。もしトーチャーがだれかに見つかったら、それで間違いなくすべてが終わりになることを、ぼくらはみんなよくわかっていた。

汽車が動き出すと、ぼくらはワイバーン小路に着いてからの段取りについて話し合うことした。ベアトリスがまず口を開いた。

「だれかに聞かれたら、ニーアをドレイク博士の店の見学に連れてきたんだと言えばいいわ。いずれ本当にそうしたでしょうし。でも店番のフライトさんに見つからずに店の奥に入って、隠された小部屋を見つけることができるかしら」

「隠された小部屋なんて聞いたことないよ。ドラゴン・マスターの執務室の鍵なら、ガメイさんから預かっているけどね」と、ダーシーは鍵束をぼくらに見せた。

「そのフライトさんとやらは、なんとかなると思うわ」と、ニーアが言った。

「どうやって？」

ぼくがたずねると、ニーアはすらすらと説明した。

「フライトさんと私は会ったことがないから、きっと私のことは知らないわ。私が話しこんでフライトさんの注意をひきつけておくから、その間にあなたたちはこっそり奥に入って。探し物が見つかったら、店の外で会いましょう」

「いい計画ね」と、ベアトリスが答えたときだった。

汽車が次の駅について、乗客がどっと乗りこんできた。大柄で赤ら顔のおばさんが、ぼくらの個室の扉を開けた。

「ここ、いいかしら？」

「もちろんですよ」と、ダーシーは答えながら、床に置かれた旅行かばんに心配そうな視線を投げた。

おばさんはべっこうの眼鏡をかけて、だぶだぶの緑色の服を着ていた。おばさんの家族も一緒にどたどたと入ってきた。背が高くてやせっぽちなご主人と、キャンディーの袋を持っているぼくらと同い年ぐらいの太っちょの男の子。それに6歳ぐらいの女の子だ。女の子は上着に蝶の形をした銀のブローチをつけていた。4人家族はぼくらの横にぎゅうぎゅうに座りこんだ。ぼくの隣に座ったおばさんが邪魔そうに足先で旅行かばんをつつくと、中でトーチャーが低くうなった。おばさんはかばんをにらんだ。

ちょうどそのとき、女の子が騒ぎだした。お兄ちゃんがぱくぱくキャンディーを食べているのを見て、自分もほしくなったのだ。

「わたしもキャンディーを食べるぅ！　ちょーうだいったらぁ！」

太っちょの男の子は妹の手の届かないところに袋を持ちかえたつもりだったが、ちょっと遅かった。女の子の手にひっかかって袋は破け、キャンディーが汽車の床にちらばった。二つがぼくの膝に落ち、一つはこともあろうに旅行かばんの中に落ちた。どうかトーチャーが食べませんように！

男の子は目につくだけのキャンディーをかき集め、女の子も床に落ちた分を拾いながら旅行かばんに近づいた。やっと女の子が椅子にもどったとき、上着からブローチが消えているのを見て、ぼくの血は凍った。トーチャーだ！

「乗車券を拝見！」

車掌が扉を開けて個室に入ってきたとき、旅行かばんの中からカサカサという音が聞こえてきた。ぼくは急いでローストチキンをひとつまみむしり取ると、旅行かばんの口から中へ落とした。おばさんはそれを見とがめるように、ぼくをギッとにらみつけた。

車掌はぼくらと4人家族の乗車券を確認すると、何に気づくこともなく次の客車へ移っていった。ぼくらはみんな、ほっとため息をついた。

「見たわよ。汽車の中で動物に餌をやっているのね。なんてことなの！」

ニーアが何か言い返そうと口を開いたとき、かばんから大きなしゃっくりが聞こえた。ぼくは大いに咳こむふりをしながら、どうかここで火だけは吐きませんようにと心の中で祈った。

「次の駅でその動物を汽車から放り出してやるわ！」とは言ったものの、おばさんは椅子に座りなおしたので本気ではなかったようだ。

ほっとして床の旅行かばんに目を落としたぼくは、気を失いそうになった。かばんの口から、煙が薄くたなびいている！　しゃっくりの音が再びはっきりと個室に響き、ローストチキンのにおいのする煙がふわふわと客車を漂いはじめた。

おばさんが叫び出した。

「あなた、すぐに客室係にこの子たちのことを言いつけてきて！」

「本当のところ、かばんの中にいるのは何かね？」

ご主人の問いに、ぼくは頑として言い張った。

「猫です。ぼくらはこの猫を火事場から救い出して、みんなでロンドンにある特別な動物病院へ連れていくところなんです」

そう言いながら窓の外を見ると、テムズ川のすぐ向こうにロンドンの時計塔ビッグ・ベンが見えている。もう、すぐそこまで来たっていうのに！　トーチャーがこの汽車を焼き尽くしてしまう前に降りられさえすれば、まだ望みはある。

「それ全然、猫じゃないよ。しっぽが見えているもの、ほら」

男の子の声にふり返って、ぼくは息が止まった。いつのまにか、旅行かばんの底に穴が開き、そこからトーチャーのしっぽがのぞいていたのだ。

「やけどのせいで、しっぽがうろこみたいになっちゃったんです……」

口ごもりながらもぼくはそう答えると、他のみんなに降りる準備をするように身ぶりで伝えた。ベアトリスがすばやくトーチャーのかばんに手をかけて、ぼくらが個室の扉に向かって歩き出した、まさにそのときだった。

「ブローチがないいいい！」

お気に入りのブローチがないことに、女の子はやっと気がついたらしい。

「だれかがとっちゃったぁ！」

汽車がウォータールー駅に滑りこんだとき、ご主人が立ちあがった。

「わかった、おまえたちはコソ泥だ！」

ニーアが扉の把手に手をかけたのと、おばさんが「逃がさないで‼」と叫んだのは同時だった。

「走れ！」

ダーシーの声にニーアが勢いよく個室の扉を開けた。ベアトリスはトーチャーのかばんに手をつっこみ、手探りでブローチを見つけるとふりむきざま、ご主人めがけて投げ返した。ぼくらは全速力で客車の通路を駆け抜け、汽車からとびおりた。その勢いのままプラットホームを走り抜けたぼくらは、大きく湾曲したウォータールー駅の中央通路へ転がり出た。だが、ここで安心することはできない。ぼくらはテムズ川に向かって土手道を駆けあがり、橋を渡ってセント・マーティンズ通りの入口であるトラファルガー広場に着くまで、ずっと走り通した。

ぼくらがまだ息を切らせているとき、花かごを持った女の人が近づいてきた。

「ぼうやたち、幸運のヒースはいらないかい？」

ベアトリスがキッとして答えた。

「いいえ、絶対にいらないわ！」
その言い方が強かったせいだろう、女の人は後ろへとびすさって悪態をついた。
「なにさ、ちょっときいただけだっていうのに！」

セント・マーティンズ通りからワイバーン小路に入るところで、ぼくらは練ってきた作戦を行動に移した。最初にニーアが角を曲がり、博士の店の扉を開けた。ぼくらはそれから5分ぐらいして、動きだした。店の窓の隅から中の様子をうかがおうとしたけれど、窓辺にはドラゴンの絵のついた壺やお皿が並べてあって、中がよく見えない。それでも入口とは反対側の隅で、ニーアがフライトさん相手に大げさな身ぶりで何か話しているのは見えた。これなら呼び止められることはないだろう。ぼくらはこっそりと戸口から入ると、店の奥をめざした。
フライトさんは困ったように頭をかいている。

「でもこの像は、しばらく前からうちにあるんです。お嬢さんのとは別物ですよ」
「それなら、大使館から捜索隊を連れてくるわ。私が正しいってすぐに証明できるんだから。私は生粋のテキサス人、絶対にごまかされやしないんだから！」
ニーアは、滞在中のホテルの部屋から盗まれたドラゴンのトロフィーを、ここで見つけたと言い張っているらしい。
「私が子どもだと思って見くびったらだめよ。ホテルのボーイはこの店の地下の秘密も教えてくれたのよ。もしトロフィーを今返してくれないなら、警察官を呼んでくるわ。そうすると、ここでやってるトカゲの虐待についても明るみに……」
ぼくらはそれ以上のやり取りを聞けなかった。カウンターの後ろの扉をくぐって、「神秘といにしえのドラゴン学者協会」の本部に続く階段を降りはじめたからだ。ぼくはトーチャーのかばんを持っていたので、トーチャーを揺らさないようにゆっくり静かに降りた。

階段を降りると、ダーシーはぼくらについてくるように手ぶりで伝えて、廊下を進んでいった。廊下の左手にはドラゴン学の研究室があった。ぼくがトーチャーのお兄さんの、スコーチャーを初めて目撃したところだ。廊下のつきあたりには両開きの扉があった。だれにもあとをつけられていないことを確かめると、ダーシーはそっと扉を押し開けた。そこは大理石の床の大きな広間だった。中央にはドラゴンの像がある。壁際のガス灯がともっているのを見て、ダーシーがささやいた。

「注意して。この明かりがついてるってことは、だれか先客がいるってことなんだ」

「先客って、だれ？」と、ぼくもささやき返した。

「たぶんエメリーだと思うけど。チディングフォールド男爵か秘書のティブスさん、S.A.S.D.の他のメンバーってこともありえる。そうは言っても、ほんの少ししかいないんだけどね」

ベアトリスがひそひそと言った。

「それで、どこがドラゴン・マスターの執務室なの？　早く行きましょう」
ダーシーが広間の奥にある、彫り物でいっぱいのもう一つの扉を指さした。
「あの扉の先、廊下の終点にあるんだ」
音をたてずに広間を横断してたどり着いた扉には、驚いたことに鍵はかかっていなかった。そっと押し開けた扉の向こう側は真っ暗闇の廊下で、ダーシーは用意してきたろうそくに火をつけた。マッチの炎にトーチャーが身じろぎしたので、ぼくはすばやくかばんの口から、チキンをもうひとつまみ落としてやった。
「おとなしくしてて。ぼくらに協力してくれよな」
トーチャーはまるでぼくの言ったことがわかったように、黒いつやつやした目でかばんの中からまっすぐぼくを見あげると、チキンにかぶりついた。
廊下の両側の壁には肖像画が並んでいた。右の壁には女性や男性の絵、左には堂々としたドラゴンの肖像画がかけられている。右の人間の数に比べてドラゴンの数は少なく、1枚1枚が大きくて長い。先に行くほど古い絵になる。
「わかった、これは歴代のドラゴン・マスターの肖像だよ！」
ぼくと同じことに、ベアトリスも気がついた。
「するとこっちは、ドラゴン協会のメンバーのドラゴンね」
再び歩きはじめたとき、ぼくらの背後で突然光が揺らめいた。彫り物のあった扉とぼくらの真ん中あたりにある扉から、明かりがもれている。
「あそこはS.A.S.D.の図書室なんだ。やっぱりだれかいるんだよ」
ダーシーがつぶやいたとたん、扉が廊下に向かって大きく開いた。
ダーシーは手にしていたろうそくをすばやく吹き消し、ぼくらはそばにあった大きな本棚の陰に身をひそめた。壁にぴったりとくっついていると、開いた扉の向こうから頭が一つ、つき出した。暗闇を見透かすように、廊下を見つめているのは、ティブスさんだった。

第７章　秘密の通路をたどって

もし人間と取引しようとするならば、軽々しく通じ合ってはならない。
人間は挑戦しがいのある困難なことにこそ、価値を見い出すものなのだ。

――人間学『リベル・ドラコニス』より

「何かが聞こえたと思ったんですが」と、ティブスさんの声がした。もう一人、男の人が廊下に出てきた。チディングフォールド男爵だった。

「まあ落ち着け、ティブス。だれもいるわけないよ」

「いや、ドラゴン特有の極めて独特なにおいがうっすらしていますよ」

ぼくらはドラゴンのにおいに慣れてしまって、感じなくなっているようだ。ぼくはかばんの口をぎゅっと押さえた。トーチャーがおとなしくしてくれますように。
やがて男爵がティブスさんを呼びもどし、図書室の扉が閉まった。
「私たちがここにいるって教えるべきかしら」と、ベアトリスがささやいた。
「手紙には『だれにも言うな』って書いてあったよ」と、ダーシー。
ぼくらは再び、ほとんど真っ暗な廊下を手さぐりで進み、ドラゴンが彫りこまれた、もう一つの大きな扉の前にたどり着いた。
「ドラゴン・マスターの執務室だよ。鍵穴を探すね」と、ダーシーがささやいた。
暗闇の中で鍵を開けて、ダーシーがベアトリスとぼくを部屋の中に引き入れたとき、図書室の扉がまた開いた。ダーシーは急いで扉を閉めて内側から鍵をかけようとしたけど、うまくいかない。
「絶対、ドラゴンを連れている人間がここに入りこんでいます！」と、ティブスさんが廊下で叫んでいる。

「ドラゴンを本部へ連れこむことは禁じられている。だれでも知っていると思うが」
チディングフォールド男爵の声と二人分の足音がこちらへ近づいてくる。ティブスさんが扉の把手に手をかける前に、ダーシーはなんとか鍵をかけ終わった。
「今すぐここを開けろ！」
ティブスさんが扉をガタガタさせて怒鳴ったけど、ぼくらはじっと黙っていた。
ティブスさんが「このにおいはドレイク城にいた、あのドラゴンの赤ん坊のにおいにそっくりです」と言ったときには、ぼくは息が止まったかと思った。
「フライト氏に、ここの鍵をもらってこよう」
チディングフォールド男爵の声がして、二人の足音は廊下を遠ざかっていった。
ダーシーがろうそくに火をつけたので、入ってきた部屋を見まわすことができた。広い部屋だけど、置かれているのはすごく大きくて古い、真っ黒な机と椅子だけだ。机にはドラゴンが彫られていて、椅子もドラゴンの形をしている。机の上には本が数冊あった。表紙や背にある書名は『S.A.S.D.の歴史　1281年から1842年』、『ドラゴンの古代史』、『ドラゴン・マスターたちの箴言　時代を超えるドラゴン学の英知』と読める。

四方の壁には全部違う柄の織物がかけられていて、それぞれにドラゴン史の著名なシーンが描かれているらしい。そのうちの二つはぼくにもわかった。一つは魔術師マーリンがディナス・エムリスに閉じこめられていたドラゴンを解放するところ、もう一つは古代中国の皇帝伏羲が黄河の龍に会ったところだ。

あとの二つはわからなかった。一つは十字軍の騎士が大きな宝石を白いドラゴンに見せているところ。最後の一つは中世の騎士団の前で、一人の女性が剣をかまえてドラゴンの赤ちゃんを守っている図だ。

トーチャーをかばんをから出してやると、さっそくあたりを嗅ぎまわった。ダーシーは石の床を、ベアトリスは織物を1枚1枚調べている。

「杯なんてどこにもないわ。こんなことしているうちに、チディングフォールド男爵がもどってきたら、ここに来たのも無駄になっちゃう！」

焦ってきたベアトリスにダーシーが言った。

「杯があるのは、ドラゴン・マスターの小部屋だよ。ここは執務室だから」

「小部屋へと至る通路は隠されているんだよね。ドラゴンの幼体がその通路を照らすだろうってあったけど、幼体ってトーチャーのことでしょ？」と、ぼくはきいた。

「子どもっていう意味だから、そうね。でも、何を照らせばいいっていうの？」

ベアトリスがそう言ったとき、ぼくらはトーチャーがマーリンの織物をじっと見つめていることに気がついた。トーチャーのしゃっくりが大きく部屋に響く。

「火を吐くつもりだ！」と、ダーシーが叫んだ。

トーチャーが吐き出した青い炎に照らされて、マーリンの絵の中に光るものが現れた。それはドラゴン文字のtで、マーリンの杖に沿って織りこまれている。近づ

いて見ると、同じ絵の赤いドラゴンのしっぽにも、もう一つの文字が隠れていた。

「ここにsがある。これは何かの言葉の一部だよ」

「見て、白いドラゴンのしっぽにはWがあるわ」

ベアトリスが見つけたWは、大文字だった。

「マーリンの袖のしわにeがあるよ」と、指さしたぼくにベアトリスが言った。

「左から右へ読めば、West（西）よ」

ぼくらはすぐに他の織物の前でもトーチャーに火を吐かせて、全部で4つの言葉を見つけた。

West（西）　Fire（火）

Wall（壁）　Show（見せよ）

「順番を入れ替えれば、『西の壁に火を見せよ』って文章になるわ」
「西はマーリンの織物がかかっている壁だよ」
ぼくが言うと、ダーシーがすばやく織物をめくりあげたが、何も見つからない。
「トーチャーで試してみましょうよ」
織物の前におろされたトーチャーだったけど、火を吐く気配は全然ない。
そのとき、廊下に足音が聞こえた。
「急いで、あごの下をくすぐって！」
ベアトリスがトーチャーのあごの下をくすぐったのと、扉の向こう側で足音が止まるのは同時だった。トーチャーがしゃっくりをし、頭をそらせると炎を吐いた。すると壁にドラゴンの足跡が一つ、光りながら浮かびあがってきた。
「これからどうしたらいいの？」
ベアトリスが押し殺した声できいてくる。

「ぼくにだってわかんないよ。押すかなんかしてみたら？」

ささやき返すと、ベアトリスが足跡を押した。でも何も起こらない。ちょっと考えこんだベアトリスが指を広げて、足跡のかぎ爪通りに指を置くと、かちりと音がして壁の一部が開いた。目の前に下へ続く階段が現れるのと、ぼくらの後ろで鍵穴に鍵がさしこまれる音がしたのは同時だった。

「行こう！」

ダーシーが床のかばんをつかんだ。ぼくがトーチャーを抱きあげ、壁に開いた隙間から、細くて古い石の階段を降りていった。ベアトリスは足跡から手を離すと、閉まりかけた壁の隙間から滑りこんできた。執務室にティブスさんの声が響いた。

「いったい君たちは……」

そこで壁は閉まりきってしまったので、それ以上は何も聞こえなくなった。ぼくらが息を切らせて階段の下にたどり着くと、そこにはもう一つの扉があった。

第8章　ドラゴン・マスターの小部屋

私の主な研究課題は人間である。よって、この本の大部分は人間についての記述で占められている。

――『リベル・ドラコニス』序章より

ぼくらが入りこんだのは、小さな部屋だった。恐ろしく古い、ということはすぐにわかった。弓なりの梁が壁際にあり、片隅には煉瓦が積みあげられている。驚くべきことに、四方の壁がドラゴンの粉で覆われていてきらめいていた。ドラゴンの粉は卵を抱えている母ドラゴンの吐く息からできる、すごく貴重な魔法の原材料だ。ダーシーのろうそくの光は不思議と赤くなり、ゆらゆらと揺れたので、小部屋はいっそう魔術師の研究室めいて見えた。
部屋中に、ありとあらゆる奇妙な道具が散らばっていた。ドラゴンの脱皮した皮の山に、壁際には引き出しがいっぱいある大きな陳列棚もあった。引き出しにはそれぞれ、赤い羽根や細かい灰のほか、たぶんドラゴンの住処から持ってきたと思しき宝石も入っていた。
トーチャーは引き出しの中に宝石を見つけるや棚に突進したが、途中で突然立ち止まった。そこには中世の絵巻物で見るような大きな書見台が置いてあり、小さな本が乗っていた。表紙の真ん中には大きな赤い宝石がはめこまれている。この部屋を満たしている赤い光源はこの宝石のようだった。
「見て、探していたものを見つけたと思うよ！」と、ぼくは声をあげた。
「でも、それってS.A.S.D.の12の宝物の『リベル・ドラコニス』って本だったと思うわ。前に博士が表紙の絵を見せてくれたから。でも、処方箋とかがのっている本だったかしら」

ぼくはそっと本を持ちあげた。表紙は赤い皮で、宝石のまわりを丸く囲むように、ドラゴンの姿が浮き彫りになっている。書名のない表紙を開くと、驚いたことに中はすべて白紙だった。

「これは『リベル・ドラコニス』じゃないと思う。中が真っ白だもの」

でも他に本らしきものは見当たらない。

「杯はどう?」とダーシーが言った。言われて見れば、本の隣にひどく古びた、持ち手のない杯があった。

杯を渡すとダーシーは赤い光の中で、手の中の杯をいろんな方向から眺めた。

「縁のところに文字が彫ってあるよ。言葉が4つ並んでるみたいだ。アンチモニウム、スルフール、アクア、ウェルヴェナだって。ラテン語か何かじゃないかな」

「そういえばS.A.S.D.の宝物にも、セント・ペトロックの聖杯っていうのがあったわね。大昔、ドラゴンを治療した聖人の名前がついてるの。杯の縁には病気のドラゴンを治す薬が塗られてて……。もしかして塗ってあるんじゃなくて、薬の原料の名前が彫られているのが正しいんだとしたら？」

ベアトリスの言葉に、ぼくらは思わず黙りこんでしまった。

もしかすると、そうなのかも知れないという期待は、ぼく一人のものじゃなかった。興奮をおさえているような声でダーシーが沈黙を破った。

「おそらくこれがセント・ペトロックの聖杯だと思うよ」

そのとき突然、トーチャーが翼をばたつかせて台の上に飛びあがったかと思うと、しっぽであの白紙の本を床にたたき落とした。続いて本の上に飛びおりて表紙の宝石に見入っている。本を取りにいこうとしたぼくを、ベアトリスが止めた。

「ちょっと様子を見てみましょう」

しばらくトーチャーはおとなしく宝石を見つめていたけれども、いきなり何歩か後ずさると、しゃっくりをした。

「だめよ！」と、ベアトリスが叫んだ。織物と違って、さすがに本は燃えてしまうだろう。ぼくらはとび出したが、間に合わなかった。手が届く前に、トーチャーは細い炎を吐き出し、本はあっという間に青い炎に包まれた。せっかく見つけた（のかもしれない）本を、焼いてしまうなんて。ところが本は焼け崩れるどころか、表紙の宝石が輝きをどんどん増していった。

「見て！」と、ベアトリスが言った。
宝石の中にドラゴンの頭が浮かびあがったかと思うと、ゴシック風の赤い文字が表紙に現れた。たぶん、ドラゴンの炎にしか反応しないインクで書かれているのだ。表紙の文字は『リベル・ドラコニス』と読めた。
「すごいよ、トーチャー！」
ぼくが叫ぶと、トーチャーはうれしそうに部屋を走り回った。その頃には表紙の文字も薄くなり、ドラゴンの頭も消えていった。
「さあ、行きましょう！」
ベアトリスがトーチャーと本を一緒に抱きあげて、旅行かばんの中におろした。トーチャーがまた火を吐くといけないので、ドラゴンの皮を何枚か失敬してかばんの内側に入れた。ぼくが旅行かばんを持ちあげると、ダーシーが自分の上着で杯を包んだ。

「宝物はそろった。あとはなんとかうまく抜け出すだけだ」

ぼくらは、入ってきた扉とは反対の壁に小さな扉を見つけた。開けると、上に階段が続いている。音をたてないように手さぐりであがっていき、天井の低い廊下を伝っていった先は、大きな扉で行き止まりになっていた。ダーシーがろうそくをつけて扉を調べた。

「こちら側からは簡単に開くようにできてる扉だよ。この通路は万一のとき、ドラゴン・マスターが脱出できるように作られたものなのかもしれないね」

「扉の向こう側から何か聞こえる?」と、ベアトリスがきいて、ダーシーは扉に耳を押しつけた。

「なんだか外の通りみたいだ。準備がよかったら、開けるからね!」

扉の外は「ドラゴナリア」と隣の店の間にある、本当に細い空間だった。一方の先は行き止まりだったので、扉を閉めてワイバーン小路へと向かったときだった。

「ちょっと待って、あれはだれ？」
ベアトリスの視線の先には、ぼろぼろの黒い上着を着た男の人がいた。小路の出口で壁に寄りかかっている。たぶん、ドレイク博士の店の出入り口を見張っているんだ。
「中へもどるんだ！」と、ぼくはささやいた。ダーシーは今出てきた扉を開けようとしたが、こちら側には把手がない。
男がぼくらに気がついた。脅すように大股で近づいてきて、ぼくらは逃げ道を失った。男はトーチャーの入ったかばんを指さして、高い声で言った。
「ドラゴンのにおいがするぞ！」
「あなたが何を言ってるか、わからないわ」と、ベアトリスは答えた。
「そん中にドラゴンが入ってんだろって」と、男はひどい下町訛りでしゃべった。
「俺ぁ、ドラゴンが好きでよ。すんげえ金になんだぜ。知ってるか？」

「あっちへ行け！」と、ダーシーは叫んだが、男は黄色い歯を見せて笑うだけだ。
「かばんをよこせば、行ってやるよ」
ぼくらは通路の奥へ追いつめられた。男の上着の裾から銃がのぞく。
「ドレイク博士も、大人に言われた通りにしろって言ってんじゃないか？」
旅行かばんの中からしゃっくりが聞こえた。ぼくは覚悟を決めてゆっくりとかばんを置いた。
「もっと後ろにさがんな」と言いながら、男はかばんに近づく。
男が旅行かばんの口を開けると、トーチャーの鼻先がぴょこんととび出して、さらに大きなしゃっくりをした。
「これまたちっちぇードラゴンだあね。本まで入ってやがる。ちびっこドラゴンのおやすみなさいの絵本だってか？」
突然、青い炎が男の顔をなめた。男は悲鳴をあげると、手で顔を覆った。

「走るのよ！」と、ベアトリスが叫んだ。ぼくはすばやく旅行かばんを拾いあげると、男を押しのけてワイバーン小路に向かって走った。ぼくらが通路から小路へ走り出たとき、黒い1頭立ての馬車がセブンダイアルズの交差点から、こちらへつっこんできた。もう逃げられない！

ところが馬車の戸を蹴り開けてとび出してきたのは、ニーアだった。

「さっさと乗ったら？　飛ばすわよ！」

我に返ったぼくらは団子になって馬車に乗りこんだ。セント・マーティンズ通りに向けて駆けていく馬車の窓から後ろを見ると、あの黒い上着の男が馬車に向かって拳をふり上げていた。

第9章　ジャマールに乗って

人を背に乗せるのは、真に必要に迫られた場合に限るべし。さもないと、年若い人間に絶え間なくせがまれるはめになる。

――人間学への手引『リベル・ドラコニス』より

辻馬車を拾って待っていてくれた、ニーアの機転に、ぼくらは助けられた。ドレイク城に帰りつくと、ガメイさんにあったことを全部話した。

「無事で本当によかったけど、その男は一体何者だったんでしょう？」

不思議がるガメイさんに、ベアトリスはきっぱり言った。

「あの人、『リベル・ドラコニス』のことがわからなかったわ」

宝物を取ってきた以上、ドラゴン協会から連絡が来るか、パンテオンが来るまで、ぼくらにはやることはなかった。まずは宝物をしっかり守るため、トーチャーを宝物の番人にすることにした。小部屋で本を見つけて以来、トーチャーは片時も本から離れようとしないので、うってつけだろう。ガメイさんはさらに、太い鎖とごつい南京錠を炭置き小屋の扉に取りつけていた。

次の朝、ぼくはいやな汗をかいて目を覚ました。ドレイク城の正面玄関のあたりで、犬の吠える声がする。階下からは怒鳴り声。すばやく服を着て部屋を出ると、階段の降り口に下を心配そうにのぞきこんでいるニーアとベアトリスがいた。階下ではガメイさんとダーシーが、二人のがっしりした警察官に腕をつかまれている。ガメイさんの前に立っているもう一人も警官の格好をしているけど、おかしなことに肩マントはぼろぼろでしわくちゃだった。

「あれは店の外にいた男よ。警官の格好をしてるけど、間違いないわ！」と、ベアトリスがひそひそと言ってきたとき、ガメイさんの声が聞こえてきた。
「何も悪いことはしていませんから、逮捕される理由はありません」
「本当にやばいことはねえのかよ」
男の口元から黄色い歯がのぞいた。
「あんたは怪しい外国人として逮捕されんだよ。稀少かつ一般的でないトカゲを違法に売買した容疑でな」
「いったい何の話ですか」
「ドラゴンだよ、奥さん。でっかいのとちっせえの、2体だ」と、男が言った。
「ここにいるのは、火事でしっぽが焦げた猫だけです」
きっぱりと言ったガメイさんに「だまれ！」と、黄色い歯の男が怒鳴った。
「この女とガキを荷馬車につっこんどけ！　他のやつは金目のものを探せ」

ガメイさんとダーシーを、どこかに連れていくつもりだ！
「このままトーチャーと宝物が、あのならず者の手に落ちるなんて、絶対いや」
ニーアはそう言い放つと、ぼくらのほうにふりむいた。
「ダニエルとベアトリスは宝物を持って、トーチャーと一緒に森へ逃げて」
「ニーアはどうするつもり？」
「やつらを混乱させてやるのよ。あなたたちはドラゴン協会に急を知らせて！」
にやりと笑うと、ニーアは足音も荒く階段を降りていった。ニーアは確かに性根が座っていると思う。だって、二人のにせ警官のうち、大きいほうの男につかつかと近よると、男のおなかを指でつっついたんだから。
「ちょっとおじさん、あなたは市民と法を守る警官にはまるっきり見えなくってよ。あのフランスのご婦人と男の子を解放して、即刻この敷地から出ていきなさい」
「おーい、シャドウェル！　変なガキがここにいるぜ！」

ニーアにつっつかれた大きなにせ警官が、黄色い歯の男を呼んだ。
「そいつも荷馬車につっこんで、他のガキを探せ」と、返事がもどってきた。
ぼくらは男たちがあがってくる前に、女の子たちの部屋の窓から木を伝って外へ出た。なんとか地面に降りると、炭置き小屋に駆けつけて小屋の鍵を開けた。
ベアトリスがトーチャーを抱きあげた。トーチャーはかぎ爪で『リベル・ドラコニス』をしっかりつかんでいる。ぼくはセント・ペトロックの聖杯を持った。だれにも見られないように注意しながら、庭のはずれにある門をめざした。もうちょっと、というところで、後ろから犬の声があがった。
「見つかったわ！　犬の鼻をごまかすために、森の小川を渡って逃げましょう」
最初の小川を越えても、トーチャーはずっと後ろに向かってうなっていた。
小川のそばに残る、紫色のべとべとしたウィーゼルの痕跡を見て思いついた。
「犬を追い返すのに、ウィーゼルは使えると思わない？」

「トーチャーが咬みついたときのことを思い出して。絶対に無理よ」
「それじゃ、ジャマールは？」
「あの男はドラゴンの売人なのよ？　絶対に見つけさせたらだめ！」
二つめの流れにさしかかったときだった。突然、下生えの中から犬に引きずられるようにして、男が二人とび出してきた。
「犬ども、やつらを捕まえろ！」
2匹の犬がぼくらめがけて、とびかかってきた。先頭の犬の前脚がぼくらにかからんとした、まさにそのとき、大きな声が森に轟いた。犬たちは弱々しい声をあげ、しっぽを足の間に巻きこんで男たちのところへもどっていく。
「ジャマールだわ！」と、ベアトリスが叫んだ。「私たちを助けにきたのよ！」
その通りだった。森の木の間から姿を現したのは、ジャマールだった。
「シュムル　アルグルルルリ！」と、ジャマールは言った。

男たちはジャマールから逃げようと必死になっている犬に引っぱられて、どうしていいかわからない様子だ。一方、ジャマールのほうは「シュムル　アルグルルルリ」とくり返し、ぼくに鼻づらを押しつけてくる。突然、ぼくにはジャマールの言いたいことがわかった。

「ジャマールは安全なところまで、ぼくらを乗せていってくれるつもりだよ」

「ちゃんと飛べるの？」

ベアトリスは疑うような目をぼくとジャマールに向けた。

「たぶん大丈夫。まだそんなに遠くまで飛んだことはないけど、ここにいるよりずっとましなはずさ」と、ぼくはベアトリスに言った。

腹を決めたベアトリスが先にジャマールの背中によじ登り、ぼくからトーチャーを受け取ると、ぼくもベアトリスの後ろにとび乗った。ぼくらが背中に落ちつくや、ジャマールはたった3歩の助走で空へ舞いあがった。ぼくらを乗せているというのに、いつもよりもずっといい調子だ。眼下には犬を連れた男たちが、ぼくらに向かって走り出したのが見えたが、もう遅い。ぼくらにはもう手が届かない。

ジャマールはセント・レオナードの森の先へ向かった。ドレイク城から十分遠ざかってはじめて、ぼくはやっと安心できた。

「そろそろぼくらを降ろすように命令しなきゃ」

「どうやるの?」と、ベアトリス。

「降りろっていうドラゴン語があるんだ。ケラマバク、ケラマバク!」

でもジャマールには、ぼくの命令を聞く気など全然なかった。大きな弧を描いて南へ向かった。サウスダウンズの丘陵地帯の間から、英仏海峡がキラキラと光って見えた。ぼくはできるかぎりしっかりと、ジャマールにしがみついた。

「ジャマールはいったいどこに行くつもり?」と、ベアトリスが怒鳴った。

その質問に答えたのは、ジャマールだった。

「パンテオー！」と、風の中を飛びながら、ジャマールが吠えた。
「シュムル　アルグルルルリ　ヤーヤー　パンテオー！」
「でもパンテオンはパリにいるのよ」
「パリがぼくらの終点になるような気がしてきたよ」
丘陵地帯の上空を飛んでいるとき、男の子と女の子に目撃された。丘の頂上へ犬を連れて散歩に来ていたのだ。男の子は大興奮、女の子は自分の目が信じられないようにこちらを見あげている。ほんの数か月前まで、ぼくもベアトリスもあの子たちと変わらなかった。ドラゴンが本当にいるなんて、思ってもいなかったのに。
ジャマールはついに英仏海峡に出た。フランス側の海岸までどのくらい時間がかかるかわからなかったけど、そんなに長くかからないことを願った。
「ベアトリス、具合はどう？」と、吹きつける風に逆らってぼくは叫んだ。
「とげがごつごつしてて、快適とは言えないわ」と、ベアトリスが叫び返した。

「でも、トーチャーは楽しんでいるみたい」

ジャマールに乗ってすぐ、トーチャーはすっかりおとなしくなった。たぶん母ドラゴンは赤ちゃんをこうやって背中に乗せて運ぶんじゃないかな。

ジャマールの翼は、以前乗せてもらったイドリギアに比べてまだ小さく、イドリギアなら一度大きくはばたくところを、ジャマールは何度もぎくしゃくとやらなくてはいけなかった。また、イドリギアは気流の読み方がうまかったが、ジャマールは読み切れずに、よく乱気流にふり回された。

それでもフランス側の海岸に着くまでは、1時間もかからなかったと思う。ぼくらは細くのびた海岸の上を飛び、細長い森で区切られている農地を過ぎた。広い川がぼくらの眼下に広がり、ジャマールは川の流れに沿って方向を変えた。

太陽が低くなると、気分がずっとよくなった。かわりにおなかは減るわ、喉はかわくわ、その上、鞍もなしにこんなに長い間ドラゴンに乗ったのは初めてだったので、すっかり体中が痛くなっていた。この初めての長距離飛行はジャマールにもつらいようで、今ではずっとゆっくりと飛んでいた。

日没の頃、ぼくらは大きな街の外れに来た。通りにガス灯が揺れている。

「ここがパリかしら？」と、ベアトリスが下をのぞきこんだ。ジャマールも疲れた様子で、高度がどんどん下がってきていた。ジャマールがゆっくり飛ぶので、濃くなっていく暗闇の中でも建物の形を見分けることができた。ぼくらの行く手には川があり、流れの中に島がある。島には多くの塔がある、大きな聖堂が建っていた。

「聖堂から何かがこっちへやって来るわ！」と、ベアトリスが叫んだ。

暗闇を透かして見ると、大きなコウモリのような形をしたものの群れが塔の先端から次々と飛び立ち、ぼくらに向かってくる。

「ガーゴイルだよ。パンテオンの仲間かな？」

ジャマールもガーゴイルに気づいて、群れに向かって吠えた。

「パンテオー！　パンテオー！」
今やものすごい数のガーゴイルが、目につくところに無数にある尖塔や丸屋根から舞いあがっている。
「パンテオンの友だちであることを祈るよ！」
「パンテオー！」
ことさら大きく、ジャマールの声が轟いた。
一番最初に飛び立ってきたガーゴイルがすぐそばまでやってきた。黄色い歯をむき出すと、ぼくらを脅すようなゴロゴロという音をたてている。ガーゴイルが甲高い声で吠えた。
「ヴルルルレシュリク　ボヤールルルル！」
「なんて言ってるのかな」
「私が思うに『出ていけ』だと思うわ」

「ヴルルルレシュリク　ボヤールルルル！」

別のガーゴイルが、さっきよりも大きく吠える。

初めのガーゴイルがもどってきて、憎しみに満ちた目でぼくらをにらむと、空高く舞いあがった。そこで翼をたたむと、かぎ爪をむき出して恐ろしい速度で急降下してきた。

「ゲルプサール！　ジャマール、ゲルプサール！」

あわてて声をかけると、ジャマールはすばやく方向を変え、攻撃をかわすためにさらに高く舞いあがった。でも、あまりにもたくさんのガーゴイルが次々と襲いかかってくる。ジャマールは体をこわばらせて怒りのうなり声を上げると、勢いよく炎を吹き出した。

パンテオンはどこにいるんだ？

ガーゴイルに背中のぼくらを襲わせまいと、ジャマールは必死でがんばっていた。

体をひねったり急に向きを変えたりするので、ぼくらも必死でしがみつく。トーチャーもそばを通るガーゴイルに、火を吐いて攻撃している。

ガーゴイルをかわしながら円を描いて飛んでいたせいで、ぼくらはまた川を渡っていた。ジャマールは聖堂のある島に向かう途中で、高度をがくんと落とした。ガス灯がともる場所へ急降下したので、御者と馬がびっくりして馬車は横倒しになり、犬は吠え続けた。ジャマールはまた高度をあげたけれど、ガーゴイルたちの攻撃はさらにひどくなるばかりだ。

3つの群れをやりすごしたところで、ジャマールの翼の動きが今までになく遅くなった。すっかり疲れ果ててしまっているのだ。ガーゴイルがジャマールにとどめをさし、ぼくらがかぎ爪で引き裂かれるのは時間の問題に思えた。

ぼくらは今、丘の上に見える別の聖堂に向かって飛んでいた。その屋根からも別の3つの群れが飛び立った。いらだったベアトリスが怒鳴った。

「本当に街中、どこにでもいるのね！」
ジャマールは左から来た一団を火を吐いて遠ざけ、右に迫った一団を急な方向転換で避けた。でもぼくらがちょうど大きな墓地の上を通っているとき、ガーゴイルの大群が一度に攻撃をしてきた。ジャマールの真下に潜りこんでいた一団が一斉に体当たりをしかけてきたのだ。ガーゴイルが何度もジャマールのおなかにぶつかる、鈍いいやな音がぼくにも聞こえた。
ついにジャマールは、石のように空中を落下していった。暗闇の中で墓石や墓碑がみるみる目の前に迫ってくる。
「助けて、パンテオン！」
ぼくは叫んだ。それっきり何もわからなくなった。

第10章　ガメイさんの家

ガーゴイル自身も、崖を捨てて、パリの空の下にねぐらを求めたのがいつのことだったか、もはや覚えてはいない。

――ドラゴンの種類による主な特徴『リベル・ドラコニス』より

目が覚めたとき、おなかは減っているは喉はかわくは、おまけにそこらじゅうが痛かった。とりわけ頭が痛んでいた。小さな窓から太陽の光が部屋いっぱいに射しこんでいる。まぶしさに慣れると、だれかがベッドの横に座っているのに気がついた。

「ベアトリスなの？」と、ぼくはささやいた。

「ダニエル！　目が覚めたのね。気分はどう？」
ベアトリスはぼくに抱きついた。
「頭がひどく痛いけど、ほかは大丈夫。ベアトリスとトーチャーはどうなの？」
「私も体中が痛いだけ。トーチャーも元気よ」
ベアトリスがベッドの掛布を持ち上げると、ベッドの下に『リベル・ドラコニス』を抱えたトーチャーがいた。聖杯も一緒だ。
「ここはどこ？　ぼくたち、どうやって助かったの？」と、ぼくは言った。
「ここはガメイさんの弟の、ベルナルドさんのおうちよ。フランスのドラゴン学協会の本部でもあるの。ベルナルドさんは昨夜、パンテオンと一緒に私たちを墓地から連れ出してくれたのよ。私は歩けたけど、あなたは意識がなかったから、ずっと背負ってもらわなきゃいけなかった。パンテオンはジャマールに、本当にまずいことが起きたら、私たちをパリへ連れてくるように教えていたんですって。ベルナルドさんも日頃から望遠鏡をのぞいて空に注意していたわけ」

「パンテオンはどうしてたの？」

「昨日は入れ違いになったのよ。宝物を受け取りにドレイク城に行ったら城はもぬけのからで、ジャマールもいないでしょ。すぐに何かあったと気づいて、全速力でパリへ飛んでもどってきたんですって」

「ジャマールは大丈夫？」

「怪我をしたけど、今は安全な場所にいるわ。あとで様子を見にいくつもりよ。もし起きられるようなら、下に降りてベルナルドさんにお礼を言いましょう」

ベアトリスが用意してくれた水を飲み、果物を食べているうちに、気分はずっとよくなった。ぼくらはトーチャーと宝物を抱えて階下に降り、ぼくは初めてベルナルド・ガメイさんに会った。ベルナルドさんは背が小さく、東洋風なものが好きな人みたいだ。絹の上着には龍が刺繍されていて、上履きも中国風だった。

「具合はどうかね」
ぼくはさしだされたベルナルドさんの手を握った。
「頭痛がするぐらいです。もう大丈夫だと思います」
「ドレイク博士の教え子に会えるなんて、本当にうれしい。たとえ不運なめぐり合わせの結果でもね。姉から君のことをいろいろ聞いているよ。さあ、仕事場へおいで。あまり時間はないが、話さねばならないことがいっぱいだ」
ベルナルドさんの仕事場は天井の高い部屋だった。壁いっぱいに作られた窓から光が射しこんでいる。絵の具や画架、筆や絵に、ドラゴンの絵や彫刻がそこらじゅうにあった。トーチャーはあたりのにおいをかいでまわっている。
「ジャマールは元気になりましたか」と、ベアトリスがきいた。
「まだ寝ているよ。これから見舞いに行こうと思うが、気をつけなければいけない。少ない人数だが、君らを目撃した人はいるからね」

ぼくとベアトリスは顔を見合わせた。

「パンテオンが君らの任務について教えてくれた。S.A.S.D.の宝物の二つを持ってきたんだろう。でも、アレクサンドラ・ゴリニチカの手下がどこにいるとも限らないからね。気をつけるにこしたことはない」

ベルナルドさんはぼくらに椅子を勧めながら続けた。

「君たちだけでも、よく逃げてこられたと思うよ。姉とアメリカから来た女の子の行方は、わからなくなっているんだ。ダーシーはなんとか逃げ出せて、今はロンドンのチディングフォールド男爵の屋敷にいる。ダーシーが知らせてくれてはじめて、何が起きたかがわかったんだ」

「これからのことについて、パンテオンと話せますか」と、ぼくはきいた。
「パンテオンは昨夜、右の翼がひどく破れる怪我をしたんだ。ガーゴイルの怪我は治りやすいが、遠くまで飛べるようになるにはまだ何日か、かかるだろう」
「どうしてガーゴイルは襲ってきたのかしら」
「なわばり意識が特に強いドラゴンだから、人間を二人も乗せている見知らぬワイバーンを見過ごしにはできなかったんだよ。ゴリニチカも、最悪の敵はおせっかいなドラゴン学者だと、若いガーゴイルに吹きこんでいたからね」
「どうしてガーゴイルはゴリニチカなんかの言うことをきくんですか」
「ゴリニチカに手を貸せば、パリから人間を追いだせると信じているのだ。昨夜はなんとか食い止めたが、君たちの居場所が知れれば必ず襲ってくるだろう」
「パンテオンは今、どこにいるんですか」
「昼間に街を飛ぶにはパンテオンは大きくて目立つ。暗くなったら出てくるよ」

ベルナルドさんは戸棚から肩マントを二つと、すごく大きなかばんを取り出した。

「宝物はこのかばんに入れて。マントはちょっぴり風変わりに見えるかもしれないけど、トーチャーを隠すにはもってこいだ」

ぼくらは杯と本を布で包むとかばんの中に入れた。上からマントを着たけど、少し大きかった。ぼくがかばんを持ち、ベアトリスがトーチャーを抱きあげて、マントの下に隠した。トーチャーは鼻先だけでもつき出そうと、もぞもぞしてる。

「おとなしくしていて、トーチャー！」と、ベアトリスが言った。

ぼくらのいでたちは相当へんてこだったけど、気にしないことにした。ベルナルドさんと一緒に家を出ると、表通りに出た。大勢の人がいそがしげに行き来していて、だれもぼくらのことを気にする暇はなさそうだった。ベルナルドさんは道沿いにある門のところへぼくらを連れていった。それは、小さなブドウ園の入口だった。

ブドウ園の中を通る小道を行くと、石造りの古い家があった。ベルナルドさんが重い扉の鍵を開けると、内側には石の階段があった。それを降りるとアーチ型の天井に、床には藁が敷きつめられた大きなひんやりした部屋にたどり着いた。ワインの貯蔵庫なんだそうだ。その部屋の一番奥の暗がりに、見慣れた姿が丸くなっていた。

「ジャマール、友だちを連れてきたよ！」

ベルナルドさんが声をかけると、年若いワイバーンは藁の上で寝転んだまま、うう、とのびをして、目を開けた。

「プルルルライシク　ホヤルルルリ」と、ジャマールが言った。

「プライシク、シュムル」と、ぼくもドラゴン語で答えた。トーチャーはベアトリスの腕からぴょんととびおりると、ジャマールのそばで丸くなった。ジャマールは息を一つ、ふっと吐くと、再び目を閉じた。

「ジャマールの怪我の具合はどうなんですか？」と、ぼくはきいた。

「引っかき傷がいくつかあるぐらいで、そんなに悪くはない。でも初めての長距離飛行にくたびれ果てている。彼には睡眠が必要だ。じきに起きるだろう」

ぼくらはうろこで覆われた、ジャマールのざらざらした頭をなでた。

「ドラゴン協会がパンテオンに依頼したのは、ロンドンから持ってきた本と杯をドレイク博士に届けることだ。だがパンテオンが負傷した今、別の方法を見つけなくてはならない。フランスのドラゴン・マスターと相談してくるよ」

「一緒に行っちゃだめですか？」と、ベアトリス。

「フランスのドラゴン・マスターは政府の中でもかなりの高官で、彼は正体を知られたくないんだ。だから、ここで待っていてほしい。数時間でもどってくるから」

ベルナルドさんが足元の藁を左右に払うと、床に小さな引き上げ戸が現れた。

「この下には非常事態に備えて、フランスドラゴン学協会が用意した物がそろっている。二人分ずつあるから、もし私がもどってくる前におなかがすいたり、喉がかわいたりしたら、この下のものを好きに使ってくれていいよ」

ベルナルドさんが出かけてしまうと、ベアトリスとぼくはワイン貯蔵庫の鍵を内側から閉めた。まず、ぼくらはトーチャーと遊んでやった。トーチャーはそこらじゅうを夢中で駆け回りながら、時々ジャマールの様子をうかがいに行く。そうやって1時間ぐらいすると、トーチャーはジャマールの隣で丸くなって眠ってしまった。

「おなかすいたわ」と、ベアトリス。

「ぼくもだ。床下に何があるか、見てみようよ」

床から戸を引きあげると、短いはしごが狭くて天井の低い小部屋に続いていた。壁際に置かれた木の箱の中に、いろんな道具が入っていた。大きな耐炎性マントや小さな鏡、ゴーグルや皮の帽子などが二つずつ。本も2冊あって、1冊は縮小版世界地図、もう1冊はフランスの詳細な地図だった。世界地図にはだれかの短い書きこみがあった。もしかしたら、その国で会ったドラゴンの記録かもしれない。

「たいした装備ね！　でもドラゴン用の鞍がないわ」と、ベアトリス。

ベアトリスは水がたっぷり入った2本の大きな錫の瓶と、フランス語で「食料」と書かれた箱を見つけた。箱の中に入っていたのは細長く切って干した肉や魚、乾燥させた豆や胡椒がほとんどで、水に浸したり料理したりする手間をかけないで食べられそうなものは、大箱の船員用ビスケットだけだった。

ビスケットはもそもそしていたけど、水と一緒になんとか飲みこんだ。ベルナルドさんはまだもどってこない。

ジャマールが身動きして、目を覚ました。立とうとはせず、横になったまま静かにぼくらを見ている。外では太陽が沈みかけており、街はしだいに暗くなってきた。ベアトリスもぼくもだんだん心配になってきた。

「居場所が知れたら、ガーゴイルが襲ってくるかもしれないって、ベルナルドさんが言ってなかった？」

「日が暮れたら、パンテオンが訪ねてくるとも言っていたわ。それにしても、ベルナルドさんがまだもどってこないのは、おかしいわね」

ぼくらは階段をのぼり、扉の脇にある小さな窓から街の空の様子をうかがった。しばらくすると、見慣れた姿がこのワイン貯蔵庫をめざして、まっすぐ飛んでくるのが見えた。

パンテオンはブドウ園に降りると、貯蔵庫まで歩いてきた。その動きはいつもよりぎこちなかった。右の翼には深い切り傷があり、傷口は皮ひものようなもので縫い合わされていた。顔や体にも、傷やあざが散っていた。

ベアトリスが鍵を開けるとあたりを確認しながら、パンテオンはすばやく貯蔵庫に身をかがめて入ってきた。

「プライシク　ボヤール！」と、ぼくは挨拶した。

「プルルルライシク　ホヤールルリ」と、パンテオンが答えた。

ジャマールは立ちあがると、パンテオンを迎えた。トーチャーはパンテオンのまわりをぐるぐる走り回り、背中をパンテオンの足にこすりつけた。

「子どもたちよ、よくやった！」と、パンテオンが言った。

「これ以上は、望めぬほどのできばえだ。イギリスドラゴン協会の期待に、君らは見事応えた。しかし災難はまだ終わってはおらぬ」

「あのガーゴイルたちのこと？　私たちの居場所が知られたのかしら？」

心配そうにベアトリスがきいた。

「それはそれで懸念されるが、私はベルナルド・ガメイが心配なのだ。彼は今日、会合に現れなかったのだ」と、パンテオンが答えた。

「どういうことですか？」と、ぼくは叫んだ。

「フランスのドラゴン・マスターも一緒に、姿を消した。パリはドラゴン学者にとってきわめて危険な街となってしまった」

「じゃあ、私たちはこれからどうしたらいいの？」
「それを伝えるため、ここへ来た。我々ドラゴンは『ドラゴン・アイ』をめぐる冒険で、君たちが見せた働きにいたく感銘を受けた。今回の宝物の奪取とパリへの逃避行についても同様」
「ジャマールが助けてくれなければ、不可能でした」と、ぼく。
「それからトーチャーの助けもね」と、ベアトリス。
「まさしく。そして今、我々は君たちが『リベル・ドラコニス』とセント・ペトロックの聖杯をドレイク博士の元へ届けてくれることを希望する。君たちはまずジャマールに乗って、彼の生まれ故郷である東アフリカへ飛ばなければならない。ヴィクトリア湖の向こう、偉大なるナイル川の源の先に、広大な盆地がある。ンゴロンゴロとよばれるその盆地には、ウワッサという名のワイバーンが棲んでおる。そのドラゴンはドラゴン・エクスプレスの一員だ。君たちはそこからドラゴン・エクスプレスを使って、ジャイサルメールに向かわなければならない」
「シュムル　アルグルルルリ　ヤーヤー　ウフルルルルクウ！」と、ジャマールも興奮したように言った。
「でもどうして私たちなんですか？」と、ベアトリスがきいた。
「ドラゴン協会が宝物の取りよせに君たちを選んだのは、最も信用に足ると考えたからだ。ドラゴン・マスターの弟子である上……」
パンテオンの話は突然外から聞こえてきた音に中断された。何かが扉にぶつかるドシンという音と低いうなり声が聞こえる。窓からのぞいて、ぼくらの最悪の予想が当たったことを知った。7、8体の怒ったガーゴイルが、貯蔵庫の外に集まってきていた。
「なんたること！」
パンテオンは苦々しげに小さくつぶやいた。

「すみやかに行動せねばならない。旅に必要な物を集めよ。私が別の扉から外に出て、追っ手を引きつける。あたりからガーゴイルがいなくなり次第、君たちだけで行くのだ」

「でも、あなたが一緒に来てくれなきゃ！　私たちでアフリカまで飛ぶなんて無理です。何よりも、ドラゴン・エクスプレスの合言葉も知らないし！」

両手をしぼるようにして訴えるベアトリスを諭すように、パンテオンは言った。

「合言葉はある。本にドラゴンの炎を当てて読むがよい。もはや時が尽きた。ドラゴン・マスターを助けるべく、出立の準備をせよ」

第11章　パリからの逃走

鮭が生まれた川を必ず遡るように、故郷を離れたドラゴンも故郷へ帰るときには、どんな危険があろうとものともしない。

――人間と他の動物の比較『リベル・ドラコニス』より

ぼくらが床下の備蓄から持っていけそうなものを、二つの肩かけかばんに詰めこんでいる間も、扉への体当たりはずっと続いていた。耐炎性のマントをたたんで間に合わせのドラゴン用の鞍を作ると、まずベアトリスがトーチャーと宝物の入ったかばんを抱えて、ジャマールの背中にのぼった。ぼくは外の気配をうかがうために戸口に立った。パンテオンはワイン貯蔵庫の後ろ側にある戸口からそっと滑り出していった。一瞬、外が静かになったかと思うと、何かがひどくぶつかる音と、すさまじく大きな、喉を鳴らす音が聞こえてきた。

外の物音から、パンテオンの作戦がうまくいったことがわかった。まわりからガーゴイルの気配がなくなったことを確信して、ぼくは扉を勢いよく開けた。ジャマールの背にとび乗ったときには、心臓が口から飛び出すほどドキドキしていた。

ジャマールはブドウ園の暗くなりかけた斜面にとび出すと、2、3歩走っただけでふわりと宙に浮いた。貯蔵庫の反対側から怒りに満ちたうなり声が聞こえてくる。

「パンテオンは大丈夫かな」

ぼくは風に逆らって叫んだ。

「無事でいてほしいわ」と、ベアトリスも叫び返してきた。

ジャマールが翼を力強く打つたびに、ぼくらはどんどんブドウ園とパンテオンから離れていく。濃くなっていく夕闇の中、パンテオンがぼくらから離れるように南のほうへ旋回し、膨大な数のガーゴイルに取り巻かれているのが見えた。さらに南から別の大群が、まるで黒い雲のように街の屋根から飛び立っていった。

ジャマールは川を越え、聖堂のある島を過ぎ、パリの南端までやってきた。後ろをふりむくと遠くでガーゴイルの大群が二つ、もつれあっているのが見えた。ぼくが見ているうちに二つの群れは高みにのぼっていった。上空にかすかに炎がひらめき、うなり声が降ってくる。このときになって、パンテオンがぼくらに追いつくことは本当にもうないのだと思い知った。ぼくらは逃げきることができたけど、ぼくらだけで、アフリカをめざさなければならなくなったのだ。

ジャマールはこの日、パリに来るときよりもずっと遠くまで飛んだ。明け方まで飛び続けたのだ。ベアトリスもぼくも、昼に目撃される危険を冒すよりは、夜に距離を稼いだほうがいいと考えたのだ。

地平線に太陽が現れる頃には、ジャマールも疲れたようで、ぼくらも降りる頃だと思った。

「ケラマバク！　ケラマバク！」と呼びかけると、ほっとしたことに今度はジャマールが応えてくれた。翼をゆっくりと打ち、着陸の態勢に入った。

目の前には高い丘があり、その頂上には死火山の噴火口のようなくぼみがある。ジャマールは降りられそうな場所を探して丘の裾野を回り、低い斜面にある農場の上を飛んだ。ジャマールが見つけた着陸地点は、大きな家の裏の芝地だった。女の人が洗濯物を干していたが、ジャマールは気にせず高度を下げはじめた。

「だめだよ、ジャマール！」と、ぼくは呼びかけた。「シュムル、マイ！」

ジャマールは翼を打つと、別の場所が見つかるまでもう少し飛んだ。今度見つけたのは、小さな雑木林の中の空き地で、そばには小川が流れている。

「いいんじゃないかな！　ケラマバク、シュムル！」

ジャマールが再び高度を下げはじめたとき、今までに一度も、ジャマールに乗ったまま、ちゃんと着地したことがないことに気がついて、息が止まりそうになった。セント・レオナードの森では地面に激突していた。あれから進歩したんだろうか。

「しっかりつかまって」と、ぼくはベアトリスに言った。

あと3メートルぐらいで地面というときになって、ジャマールは下に向かって脚をつき出し、落下速度がゆっくりになるよう何度かはばたいた。空き地の真ん中に、ジャマールは膝を使って降り立ったが、それでもぼくらには十分、衝撃が強かった。ぼくとベアトリスとトーチャーはそろって、きれいに背中から転がり落ちた。ベアトリスは幸運にも、落ちた拍子に木の枝につかまることができたし、トーチャーは自前の翼で滑空して地面に降りた。口にはしっかりと『リベル・ドラコニス』をくわえて。ぼくは、イバラの藪につっこんでしまった。

「たいした着陸だよ、ジャマール！」

文句を言うと、ジャマールは鼻先でぼくをつついてイバラから出してくれた。
ジャマールは小川に近づくと、音をたてて水を飲みはじめた。トーチャーもそれにならった。イバラの藪から出てきたとき、ぼくはパリに着いたときより体がずっと楽なことに気づいた。ジャマールに乗るのに少し慣れたのだ。
焚火のまわりで船員用ビスケットを食べながら、ぼくはベルナルドさんのところから持ってきた世界地図をめくってみた。フランスのページを見ると、さっき見かけた死火山の火口のようなところは、オーベルニュ火山地帯公園の中のピュイ・ド・ドームだ。遠くに見えたのは、きっと有名な聖堂のある大きな町だ。
ジャマールはトーチャーを連れて、ぼくらのそばに落ちついた。ぼくも背中をジャマールの脇腹に預けてのんびりしていたら、ベアトリスが言い出した。
「今のうちに合言葉を探しておかない？　パンテオンは『リベル・ドラコニス』にドラゴンの炎を当てて読めって言ってたわよね」

「薬の作り方も見つかるかな。ドラゴンのどんな病気も治せるってやつ」

本にしがみついているトーチャーをなんとかなだめて、『リベル・ドラコニス』を取りあげると、トーチャーから少し離(はな)れたところに置いた。

「さあ、仕事の時間だよ、おちびさん」

ぼくがトーチャーのあごの下をくすぐると、今までで一番大きな炎を吐(は)き出した。

「いい子だ、トーチャー！」

ぼくは大きな声でほめてやった。

炎が本を包みこむと、表紙に文字が光り

ながら浮かびあがってきた。火傷しないようにドラゴンの皮を使って、ぼくらは慎重にページをめくっていった。

本の中には絵がいっぱいあった。文字だけだと思っていたから本当にびっくりした。ヨーロッパドラゴンの絵があったり、ヨーロッパの古い地図があったり、今とは全然違う服を着た人々の絵があったりした。これは本というよりも日記のようで、それぞれの書きこみは日付から始まっていたけど、並び方がおかしい。何ページも真っ白なページがあったかと思うと、今度はまったく違う言葉で書かれていたりする。

頭から3分の1ぐらいめくったところで、ぼくらはなんとか読めそうな英語の日記を見つけた。

1350年　4月の9番目の日

セント・ジャイルズ近く、ソーホー野の桟橋にて

これは「長脛王」と呼ばれた、エドワード一世の時代（1239―1307）の話である。イギリスのセント・ジョージがドラゴンを退治して名をあげると、彼の主君たるエドワード一世はすべてのドラゴンの死を望んだ。だが一方イギリスには、ドラゴンと友好関係にある「ドラコマンサー」という一団があった。かれらは賢く優れた人々だが、詳しいことは隠されている。そのドラコマンサーの一人が「善きベアトリス・クローク」だ。ベアトリスは私が、エドワード一世とその軍勢に立ち向かおうとしたときに助けてくれた。またベアトリスはすべての戦闘が終わったとき、エドワード一世がドラゴンを殺すのに使った道具を、「流れる水の下の深き洞窟」に隠した。恐ろしい黒の粉と、黄色と赤の毒が永遠に洞窟に封印されんことを祈る。そして、ベアトリスの12の宝を、生きているドラゴンで守るのだ。

ぼくらが読み終わると、文字は消え始めた。ベアトリスがつぶやいた。
「私、『リベル・ドラコニス』は、修道士のギルダス・マグヌスが書いたんだと思っていたけど、これじゃまるでドラゴンが書いたみたい」
「合言葉を見つけるのも難しそうだよ。言葉のつづりも今とは違うし、わからない言葉も混じってる」
「古い英語で書かれているせいよ。ベアトリス・クロークは授業で習ったから覚えているけど、洞窟に隠された毒って一体、何のことかしら」
「それにもし、これをドラゴンが書いたんだとしたら、どうしてバラバラな国の言葉で書いたんだろう。間にはさまっている白いページの意味は？」
「私にもわからない。とにかくンゴロンゴロに着く前に合言葉を見つけなきゃ。さもないと、私たちの旅は失敗に終わるわ」
そのあと、あちこち探してみたけれど、合言葉も、どんなドラゴンの病気も治すという薬の作り方も見つからなかった。

その晩、ぼくらは再びジャマールに乗った。足下にピンク・フラミンゴが雲のように舞いあがるのを見たりしながら、小さな山並みを越えて飛び続けた。晴れた寒い夜で、ベルナルドさんがくれた肩マントがあって本当に助かった。夜が明ける頃、ジャマールは岩がちな山腹に降りた。そこはピレネー山脈の外れで、ジャマールが着陸地点に選んだ滝のそばの斜面では、ヤギの群れが草を食べていた。斜面に降りるのは、平地に降りるよりもやさしいらしく、今度はぼくらも背中にしがみついたままで着陸できた。

トーチャーは例の鳥の雛の格好で、おなかがすいたと訴えているし、ぼくらも船員用ビスケットよりおいしいものが食べたくなっていた。ぼくとどちらが適任かを相談して、ベアトリスが途中で見かけた村へ食料調達に出かけることになった。

2時間ぐらいで帰ってきたとき、ベアトリスのかばんの中はヤギ肉と鶏肉の切れ端でいっぱいだった。ベアトリスが出かけている間に焚火の用意をしておいたので、ぼくらはさっそく鶏肉を焼くことにした。トーチャーはあっという間にヤギ肉を片づけてしまうと、ジャマールの回りをぐるぐる走って遊びだした。ジャマールは全然おなかがすいていないようだった。それにもかかわらず、なぜか焚火のところまで歩いてくると、肺いっぱいに空気を吸いこんだ。

「シュムル、マイ！」と、ベアトリスは叫んだが、遅すぎた。ジャマールが炎を吐き出し、焚火も後ろの茂みも鶏肉も、一瞬ですべてが灰になっていた。

「ちょっと火が通り過ぎちゃったみたいね」と、ベアトリスはジャマールの行き過ぎた好意で燃えかすになってしまった鶏肉を指先でつまんだ。

「ビスケットもそう悪いもんじゃないよ」と、ぼくはなぐさめた。

食事のあと、ぼくらはトーチャーに火を吐かせて『リベル・ドラコニス』を読んだ。表紙に文字が浮かびあがると、ドラゴン・エクスプレスの合言葉を求めてページをめくった。英語で拾い読みできる部分に、合言葉らしきものはないかと探していくと、本の真ん中くらいのところに英語とドラゴン文字の両方で見出しがついているところを見つけた。「1566年　8月の26番目の日　カデル・イドリス　実践的なこと」と書いてある。

でもそれ以上読むことはできなかった。トーチャーが低くうなりはじめたのだ。本に熱中するあまり、谷間をこちらのほうへ上がってくる人の気配に、ぼくらは全然気がつかなかったのだ。

「きっとだれかが焚火に気づいたんだわ！」と、ベアトリスが小さく叫んだ。

できるかぎりの早さで、まだ真っ赤に焼けている『リベル・ドラコニス』を耐炎性のマントで包むと、他の持ち物を大急ぎでまとめてジャマールの背に乗った。ジャマールももう心得たもので、ほんの短い助走でふわっと舞いあがった。下には村人の一団が驚きで目を大きく見開いて、ぼくらを見あげていた。空飛ぶドラゴンとおかしな子どもたちの話なんて、だれも信じませんように。

その夜、ぼくらはスペインを横断した。牛とか馬の群れがいるだけの、がらんとした広大な平野に出るまでにたくさんの山を越え、低い丘を過ぎた。『ドン・キホーテ』を読んだときから、いつかは見たいと思っていた風車の小さな集まりがちらほら見えたのはうれしかった。とうとうぼくらは南の海岸線に出た。明け方に風の強い、人気のないタリファの海岸に降りた。ジャマールは着地がずいぶんうまくなった。とはいえ、着地したときに巻きあがった砂で、ぼくらはすっかり砂まみれになった。

その日は乾燥した豆と干し肉を胡椒で煮て食べた。特においしいというわけではなかったが、ビスケット以外のものを口にできたのは、気分が変わってよかった。

それから前日あまり読めなかった『リベル・ドラコニス』の、「1566年　8月の26番目の日　カデル・イドリス」のページを探して読んだ。大きな宝石の絵がのっていて、そのまわりを、自分のしっぽをくわえた細長いドラゴンが、くるりと巻いていた。

「これはS.A.S.D.の宝物の一つ、魔術師マーリンのお守りの絵だわ」

「見て！　横にドラゴン文字で呪文が書いてある。これがあればドラゴンに言うことを聞かせられるんじゃなかったっけ。合言葉なんかなくっても、ぼくたちはドラゴン・エクスプレスに乗れるんじゃない？」

「ダニエル、ドラゴンをあやつることが私たちの目的じゃないでしょ。ドラゴンを守って保護するために、ここにいるのよ」と、ベアトリスが重々しく言った。ぼくはうめいたが、ベアトリスが言うことはまったく、正しかった。

ぼくらはさらに何ページもめくって、聖杯の絵がのっているページを見つけた。1ページに一つずつ、聖杯が書いてある。それぞれの聖杯にはルーン文字で言葉が書きつけてあって、その下に同じくドラゴン文字で短い記述がある。文字が消えないうちに急いで読んでみると、呪文と薬の材料と、その配合だとわかった。火に耐える呪文、アンフィテールの赤ん坊にごはんを食べさせる呪文、見えないインクをドラゴンのうろこから作る方法だった。書いてあることが見えないページがある本に、こんなものの作り方がのっているのは、ちょっと変な気分だった。他にはドラゴンの糞の使い方の一覧なんかもあった。

それからぼくらは、空とぶじゅうたんの絵があるページを見つけた。じゅうたんの四方は見出しのついた4枚の絵で囲まれて、それぞれ4体の違う種類のドラゴンが飛んでいるところが描かれている。絵柄はゾウのいる丘、船が浮かぶ海、城の上、そしてラクダの連なる砂漠と全部違うけど、どれもが人を乗せている。そのページの一番下には、すごく長い単語がたったひとつだけ書いてあった。

「これ、なんだろう。ドラゴンの絵と関係しているのかな」

「合言葉かもしれない。読んでみましょう」と、ベアトリスが身を乗り出した。

空とぶじゅうたんの絵に添えられたドラゴン文字はすぐ読めた。「9月の19番目の日、アヴァロンにて　不死鳥の羽根の呪文」だ。でも4枚のドラゴンの絵にそれぞれつけられている見出しと、一番下の長い単語は読めなかった。見た目にはドラゴン文字で書いてあるように見えるのだけれど、ぼくらが習ったのとは違う種類の文字なのかもしれない。もしかしたら合言葉かもしれないと思っていた長い単語も同じで、その日はそこで文字が消えて終わりになった。ウワッサのところまでたどり着いたとしても、合言葉がわかっていなかったら、どうなっちゃうんだろう？

その夜も、ぼくらはジャマールの背中に乗って出発した。海を越えてモロッコに入ると、眼下に広がる土地はみるみる乾いた砂漠になっていった。緑が見える海岸線を南下していくと、砂漠は海岸線近くまで広がってきた。これまでの旅の間、1体のドラゴンも見かけなかったけれど、北アフリカを横断していた2晩目の夜明け前に、ぼくはたしかに1体見かけた。ひどく遠いところにいたのであまりよくはわからなかったが、あれはジャマールと同じワイバーンだったと思う。そいつは近づいてはこなかったけど、もし親切なドラゴンだったら、ぼくはきっとあのドラゴン文字のことを聞いていたに違いない。

この日、焚火の横に座っている間、ぼくの頭は、行方のわからなくなった人のことでいっぱいだった。ニーアとガメイさんは大丈夫だろうか。ドレイク博士はお父さんたちを見つけてくれただろうか。ベアトリスがそばに来た。

「何を考えているの？」

「お父さんたちやニーアや、パンテオンのことだよ」

ベアトリスは勇気づけるように、ぼくの手をぎゅっと握った。

「私たちにできることをやりましょう、ダニエル。私たちの任務に集中して、成功させましょうよ。みんなが無事であることを祈りましょう。『心配しているだけでは、どこにもたどり着けない』って、いつもお母さんが言っていたでしょう？」

次の日、ぼくらは『リベル・ドラコニス』に興味深いところを見つけた。あのドラゴン文字を読むための語彙集のようなものがないか、ドラゴン・エクスプレスについて書いてあるところはないか探すうち、呪文がいろいろ書いてあるページから30ページほど先に、ぼくらの英語に近い言葉で書かれた部分を見つけたのだ。

1765年6月の1番目の日　失われたドラゴンの島にて

病気について

病気は、興味をそそられる研究対象だ。人間はよく病気にかかるが、ドラゴンはめったに病気にかからない。私が各地を旅していた若い頃、ドラゴンの間に病気が流行したことが一度だけあった。ドラゴンを嫌った王が王国中のドラゴンを退治する手だてを求めて、各地に使いを出した。使いに出された賢者たちはドラゴンを冒す疫病を見つけ、恐ろしい黒い粉の形でばらまいた。多くのドラゴンがその病気に倒れる中、治療薬が見つかった。それは大昔、ドラゴンを治療した者の名前がつけられた聖杯の中で、特別に調合されたものだった。使い残された黒い粉はこの「失われたドラゴンの島」の「川の下の洞窟」に封印された。それから一度だけ、洞窟が破られたことがある。そのとき、忌むべき黒い粉の小瓶が盗まれた。だれの手に渡ったのか、どんな結末が来るのか。病気はいつか再び、災禍を起こすだろう。

この書きつけの下には、消えそうな線で赤いお守りが書いてあった。「地獄の業火（ブリムストン）」とだけ書かれたお守りの下には、2行の詩が並んでいた。

私の1番目は血管にはあるけれど、血液にはない。
私の2番目は叫びの中にはあるけれど、野次にはない。

「ナーガの病気はきっとこの黒い粉のせいだよ。ゴリニチカが盗んだに決まっている。この詩はセント・ペトロックの聖杯を使った薬の作り方じゃない？」

「ゴリニチカが黒い粉を使った可能性はあるわ。でもこのたった2行しかない詩が薬の作り方を示しているとは思えないの。なぞなぞの始めのところみたいよ」

続きを探して急いでページをめくったが、3ページの白紙のあとにあったのは、「1820年12月25日　雪　ベン・ウィヴィス　人間のならし方」だった。

「あるのはこれだけみたいよ」

「続きが消されちゃったんでなければね」

「または、まだ見えないだけかも」

そのとき、目に見えている文字まで消えはじめてしまった。

「でも、ほしかった合言葉じゃなかったわね。今、必要なのは合言葉よ」

第12章　さよなら、ジャマール

ワイバーンの住処からは、狩り場をふくむ四方がすべて見渡せる。ゆえに、侵入するときには、覚悟せよ。目こぼしを期待してはならない。

――ドラゴンの種類による主な特徴『リベル・ドラコニス』より

「ベアトリス、見てよ！」と、ぼくは叫んだ。

「ピラミッドだよ！　ぼく、ずっと見たいと思ってたんだ」

ぼくらは月明かりの中、エジプトに入った。河口の大きな川（たぶんナイル川だ）を見つけたジャマールは、まるで体の中に眠る故郷への思いに引きよせられるように、流れに沿って内陸へ向かった。河口近くのデルタ地帯では、河の土手に並ぶ何千という建物の明かりが、暗闇の中で星のようにきらめいているのが見えた。

大都市カイロに到着したのは、夜明けの光が射しはじめた頃だった。自分の目で見ることがあるなんて思ってもいなかったから、ピラミッドに気がついたときはすごくうれしかった。でもジャマールの飛んでいる高度から見おろすと、古代の遺跡は想像していたよりもずっと小さく見えた。

その日はピラミッドの西にあるオアシスで野営することにした。ここでついに、ジャマールが狩りをした。それは野生の中で一人で生きていけるという、すばらしい証だった。オアシスに着陸すると、ジャマールはぼくらをしばらく見つめてから砂漠の向こうへ飛んでいった。まるで「すぐに帰るから心配するな」と言っていたようだった。ジャマールが帰ってきたのは、気温があがって暑くなってきた2時間後だった。もどってきたジャマールは満足げに野営地に腰を落ちつけると、喉の奥から大きな毛玉を吐き出した。調べてみると、それは黒こげになったラクダの残骸だった。ジャマールは満腹になったけど、トーチャーの分の肉はなかった。おなかをすかせたトーチャーはいつものようにジャマールのそばではなく、オアシスの外れにそっぽを向いて座りこんだまま、もどってこない。ジャマールが自分の分の肉を持ってきてくれなかったことを怒っていたのだ。

トーチャーがどんなにふてくされていても、ぼくらは料理をしなければならないし、『リベル・ドラコニス』も読まなければいけなかった。どちらもトーチャーの炎が必要なのだが、この日のトーチャーはあごをぴったりと胸につけて、どうあってもぼくらにあごの下をくすぐらせてくれなかった。試しにジャマールに火を吐いてもらおうとしたが、ワイバーンは煙のひと筋も吐いてくれなかった。突然、ベアトリスが思いついたようにとびあがった。

「荷物の中に拡大鏡がなかった？　あれで日光を集めれば火がつけられるわ」

『リベル・ドラコニス』に必要なのはドラゴンの炎だけど、ものは試しだ。かばんの中の拡大鏡を探していると、小さな鏡が出てきてぼくの足元に落ちた。その瞬間、ぼくの頭にひらめいたのは、あの謎のドラゴン文字のことだった！

その思いつきを実際に試すことができたのは、トーチャーがやっとふてくされるのをやめて、また炎を吐いてくれるようになった次の日だった。あの不思議なページを見つけると、即座に文字を鏡に映した。

「ほら、これは鏡文字で書かれていただけなんだよ！」

思っていた通り、鏡に映った文字は難なく読むことができた。

ドラゴン・エクスプレスの合言葉

ホノリフィク・アビリトゥディニ・タティーブス

ぼくらはついに、合言葉を見つけたのだ！

エジプトに入ってからヴィクトリア湖に到着するまで、さらに二晩かかった。その間の野営地は飛び回る羽虫の群れに悩まされた。ジャマールは気にしていなかったが、トーチャーはすごく虫にいらついて、目に入るものすべてに咬みついて当たりちらしていた。だから午後を回ってすぐにジャマールがのっそりと起きあがり、早く出発しようと言うようにぼくらに鼻面を押しつけてきたときには、正直に言ってほっとした。

まだ日は高かったが、このあたりに住んでいる人も少ないだろうとふんで、ぼくらは真っ昼間に飛ぶことにした。ジャマールは今までにない速さで飛んだ。故郷がすぐそこだとわかっているのかもしれない。ジャマールがあまりに速く飛んだのでぼくらはあっという間にヴィクトリア湖を越え、ついにセレンゲティ平原についた。

ベアトリスが地上を指さして叫んだ。

「見て！　あれ、キリンじゃない？」

ぼくが見おろすとベアトリスの言うとおり、キリンが見えた。他にもいろいろな種類の動物がいる。ヌー、シマウマにゾウの群れ。ここならジャマールがおなかをすかせることはないだろう。ジャマールは行く手に見える大きな火口に向かった。

火口の内側がめざすンゴロンゴロ盆地だ。ジャマールは火口のまわりを3度回ると、火口の中へと入った。

ジャマールの翼は今や飛ぶためではなく、気流に乗って旋回するためだけに広げられている。高いところから、なわばりになる土地を吟味しているようだ。火口のゆるやかな斜面を覆う森があり、草地があり、その先には白く浮き出た塩に囲まれた大きな湖が広がっている。湖は今、何万羽というフラミンゴのピンクで彩られていた。広い広い盆地の草の上にぼくらの小さな影が落ちている。ジャマールは満足そうに喉をゴロゴロと鳴らし、肩越しにぼくらのほうにふりむいた。とうとう、ジャマールは故郷に帰りついたのだ。

ちょうどそのとき、ぼくらの眼下では地面を這うようにして走ってきた2頭の雌ライオンが、シマウマの群れに襲いかかろうとしていた。ベアトリスが思わず息をのんだとき、ぼくも違う理由で息をのんだ。ぼくらの影の後ろにもう一つ、見慣れた形の影が落ちているのを見たからだ。その影はすごい速さで、こちらのほうへやってくる。2頭のライオンは即座に狩りをやめ、草の中に姿を消した。

「ベアトリス、後ろからドラゴンが来る」

後ろをふりむくと、それはワイバーンだった。その大きさときたら！　小さく見積もってもジャマールの10倍はある大きさだ。そいつがすさまじい速度のまま、こちらへつっこんでくる。その怒号は火口全体を揺るがした。ジャマールが見つけた土地はすでに、だれかのなわばりだったというわけだ。

トーチャーはおびえた声を出すばかりだったが、ジャマールは地上に向かって急降下すると、身震い一つでぼくらを背中から払い落とした。そして、あの巨大なワ

イバーンに挑戦するべく、舞いあがっていってしまった。
埃を払いながら、ベアトリスが立ちあがった。トーチャーはむくれていたが、ぼくはライオンの群れがいつ草の間から現れるかと気が気じゃなかった。
湖までは300メートルぐらいはあるが、そんなに遠くには見えない。
「あそこなら、少しは安全じゃないかな?」
ベアトリスがうなずいた。湖までライオンが追ってくるかどうかは、わからなかったが、とにかくぼくらは走り出した。
湖のまわりは塩混じりの湿地で、歩きにくかった。走るというより、大股に歩いて湖をめざした。トーチャーは不安そうにベアトリスの肩口にかじりついている。湖に近づき、ますます歩きにくくなったそのとき、ぼくらの左手に雌ライオンが1頭、また1頭と現れた。ぼくらをじっと目で追い、空気を嗅いでいる。
「ドラゴンのにおいがするから、襲っていいものかどうか迷っているんだよ」

雌ライオンはおそるおそる前脚を前に一歩出しかけたが、林のほうを見あげると、突然しっぽを巻いて逃げ出してしまった。

「ジャマール？」と、ベアトリスが期待をこめてふり返ったが、林の間から現れたのは、もう1体の巨大なワイバーンだった。

ワイバーンは湖に近づく様子を見せない。そのかわり、翼を大きく広げた。ぼくらが驚いたことには、ドラゴン語で話しかけてきたのだ。

「プルルルライシク　ホヤールルルリ！」

その低い声は湖面を大きく揺らした。ベアトリスもぼくも、息をのんだ。

「プライシク　ボヤール！」と、ぼくが怒鳴って返すと、ワイバーンはぼくらに近づいてきた。上からぼくらを見下ろしているワイバーンに、ぼくはたずねた。

「英語はわかりますか？」

「多くの国の言葉を話すが」と、ワイバーンが英語で答えてきた。「全部が全部、使いたいように使いこなせるわけではない」
英語が通じることにホッとしたが、ワイバーンの大きさには緊張させられる。
「ぼくらはウワッサという名前のワイバーンを探しているんです」
「それでは私の名前を知っているのだな、子どもたちよ」と、ワイバーンが答えた。
「お前たちをここまで運んできた、あの若いドラゴンの名前は何というのだ？」
「ジャマールです」
「なかなかいい名前だ」
「ジャマールは無事なの？」と、ベアトリスが叫んだ。
「無事だ。私の狩り場への関心を、取りさげさせただけだ」
ウワッサが翼で指し示した先には、ジャマールの姿があった。ここから1キロもない、火口の縁の高いところに止まっている。ジャマールもこちらを見ている。
「あの若いドラゴンは、本来彼が棲まうべき環境へもどってきたのだと理解している。そうであるべきなのだ」

「ジャマールがいなくなると、さびしいわ」

ベアトリスが涙声で言った。ジャマールもそれが聞こえたかのように、首をそらせて大きく一声鳴いた。そして翼を大きく広げて飛び立ち、火口の外側へと姿を消した。トーチャーは悲しげな声をあげて鳴き、ベアトリスにしがみついた。ウワッサがその大きな頭を下げ、小さなドラゴンの耳元で何かささやくと、不思議とトーチャーは落ち着いた。

「ずいぶん遠くまで、この赤ん坊を連れてきたものだな」と、ウワッサは言った。

「急いで逃げなければならなかったんです。ドラゴン協会の命を受けて、ドラゴン・エクスプレスに乗るためにここまで来ました」と、ベアトリス。

「それはそれは」

ウワッサの声はおもしろがっているように聞こえる。

「『リベル・ドラコニス』と、セント・ペトロックの聖杯も持ってきました」
ウワッサの反応があまりに他人事なので、ぼくはいらいらしはじめた。
「その二つをインドのジャイサルメールという街まで、大至急届けることが私たちの使命なんです」と、ベアトリスが続けた。
「そこではドラゴンが恐ろしい病気でどんどん死んでいるのよ」
「なるほど」と、ウワッサが答えた。相変わらずのんびりしている。
「ドラゴン・エクスプレスなら北インドまで乗せていってくれると聞きました」
「合言葉だって知ってるわ」
ベアトリスが期待をこめてぼくの言葉につけ足した。
「知っているとな。それが本当ならば、聞かせてもらおうか」
ベアトリスとぼくは目で合図をして、一緒に叫んだ。
「ホノリフィク・アビリトゥディニ・タティーブス！」

巨大な砂色をしたドラゴンは、妙に感心したようにぼくらを見おろしている。
「お前たちが携えてきたという本を見せよ」
ぼくは『リベル・ドラコニス』をかばんから取り出すと、地面に置いた。ウワッサはにおいをかいだ。
「書いてあることは、ドラゴンの炎に当てないと出てこないんだ」
「ならば、下がっているがよい」
ウワッサが噴射した炎が本を包む。『リベル・ドラコニス』という文字がいつも通りに光りながら浮かびあがってきたが、それはいつもと違う、青い色だった。
ウワッサは器用に前脚のかぎ爪でページをめくった。
「今まで、そんなに多くの本を読んだわけではないが、この本は確かに興味深い。ここにはゾウやラクダや、アフリカの木の絵がのっている。ワイバーンによって書かれた本だと聞いてはいないか」

ぼくらも本をのぞきこんでみた。誓ってもいいけど、そこに浮かびあがっていたのは、今まで見ていたのとは全然違う文字や絵だった。ワイバーンの絵があったし、見たこともないキャラバンルートやオアシスの名前がのっているアフリカの地図もあった。トーチャーが火を吐いたときとは、見えるようになるページが全然違うようだ。

ベアトリスは急いでページをめくり、あの「病気について」と書かれていたあたりのページを探した。すると、青い聖杯が一つ現れていた。聖杯の絵の下には、青い文字で「イシスの涙」とあり、2行詩が一組読み取れた。

私の3番目は賢者の中にあるが、阿呆の中にはない
私の4番目はリンゴの中にあるが、果物の中にはない

それだけだった。でもベアトリスはぼくを興奮した面持ちで見つめている。ぼくにもその理由がわかった。

「この本は火を吐くドラゴンの種類によって、読める内容が変わるんだわ！」

ウワッサは、ベアトリスの発見に大して心を動かされた様子ではなかった。

「お前たちはドラゴン・エクスプレスの正しい合言葉を言ったのだから、アラビアの近くまで連れていってやろう。人間にはハラット・キシュブと呼ばれている土地だ。お前たちはその地で目的地へ運んでくれる次のドラゴン、ファキ・キファ・カフィを探さなくてはならない。お前たちはそのドラゴンを死火山の上、溶岩でできた洞窟の中で見つけることができるだろう」

「どうしてそのドラゴンには、3つも名前があるの？」と、ベアトリスがきいた。

「そのドラゴンには3つの頭があるからだ」と、ウワッサが言った。

「ファキ・キファ・カフィはヒドラだ。ヒドラであれば頭が3つあるのも当然で、それぞれが名前を持っているのも当たり前だろう。さあ、行くぞ」
「待って、ジャマールはどうなるの？」と、ぼくはきいた。
そのとき、ぼくにもジャマールは行ってしまったのだとわかった。もう永遠に会えないのだ。ジャマールがさっき放った声が、彼のさよならだったんだ。トーチャーにもわかっていたのに。ぼくは何か大きくて熱い塊が喉にこみあげてくるのを感じた。ぼくはいつも、ジャマールを自然に帰すことを考えてきた。でも、こんな遠くまで一緒に旅をしてきて、ぼくらの世話もやいてくれたジャマールに、もう二度と会えないかもしれないと思うと、ひどく悲しかった。ベアトリスも同じように感じたんだと思う。そっと手をのばして、ぼくの手を握ったから。
「ジャマールは、お前たちが安全だと見て取った」と、ウワッサ。
「幸福に暮らせる場所にもどったのだ。もしかしたらいつか、お前たちはまたこの道を通ることがあるかもしれん。だとすればまた、あのドラゴンに会うこともできよう」

「でも、ひどく遠いんだよ」

ぼくの声はすっかり小さくなってしまった。

「お前たちの家からは遠いかもしれない」と、ウワッサが翼を広げた。

「だが、ハラット・キシュブまではそう遠くない。なぜなら私は速く飛ぶからだ。さあ、若き冒険者たちよ、私の背に乗りなさい。我らは我らにあたえられた道を行こうではないか」

第13章　ドラゴン・エクスプレス

ヒドラは数少ない、討論と議論を好むドラゴンである。だが、合意に至ることはめったにない。

――ドラゴンの種類による主な特徴『リベル・ドラコニス』より

ウワッサは宣言通り、極めて優れた飛び手だった。でもその速度をもってしても、ハラット・キシュブに着くまでに2日かかった。ジャマールには悪いが、ウワッサに乗るのはひどく快適だった。大きな揺れがないこともあるが、背中がとても広いので、ぼくらは背中の上で横になることができたのだ。またジャマールよりもうんと高く飛べたので、だれかに見られる心配もなかった。そこで、夜だけに飛ぶような面倒なことはやめた。昼間飛ぶときは、太陽の光で目を傷めないようにゴーグルをつけた。ウワッサがあまりにも速く飛ぶので、まるで吹きすさぶ風の中にいるようだった。一度飛び立てば、ウワッサは確実に気流を見つけた。上昇する必要があるときか、速度をあげる必要があるとき以外は、翼をめったに動かさなかった。

ウワッサははじめ、ぼくらを北へと運んだ。昨日までジャマールと南下してきたところを、今度は逆にナイル川に沿って北上するのだ。ぼくらの眼下ではサバンナがジャングルに変わり、次は山脈、そして砂漠へと変わっていった。その日は廃墟となった古代の神殿の外側に野営地を作った。そこには古代の王の壊れた像が、封印された入口の脇に座っていた。

ウワッサが旅の仲間として頼れることがわかったのも、その夜だった。野営地を作ったあと、ウワッサは半時間ほど姿を消したと思ったら、ナツメヤシやパン、新鮮な肉が入ったかごを持ってもどってきた。そのかごがどこから来たものかは、ぼくらはあえてきかなかった。砂漠では焚火のための薪も見つけられなかったが、ウワッサは適度に火を吐いて鍋の湯を沸騰させると、肉をゆでてくれた。

ぼくらの食事が終わると、ウワッサは『リベル・ドラコニス』を見せてくれと言った。炎を吐きかけたあと、ウワッサは何時間もトーチャーの横に座りこんで本を読み続けた。トーチャーも一緒に本を眺めているようだった。

夜明けに移動を再開したぼくらは、船が点々と浮かんでいる細長い海を越えた。海をはさんで、輝く砂漠が海辺まで迫っていた。ここでウワッサは降下しはじめた。地上の景色は次第に暗い色をした丘陵地帯に変わり、やがて到着した溶岩の大地の表面は、小さな石で覆われていた。

「アラビア人の住まない地域に到着だ」と、ウワッサが教えてくれた。

「キシュブと呼ばれる『ハラット』、すなわち火山岩地帯とはここのことだ」

着陸したのは赤黒い色をした山の中腹の岩棚で、風が乾いた硫黄のにおいを運んできた。そこで見た風景は、ぼくが今までに見た中で一番さびしい、変わった風景だった。トーチャーはかぎ爪でまわりにちらばっている黒っぽい岩をつついた。それからウワッサを見あげた。まるでウワッサの背中にもう一度もどって、すぐにこの土地を離れたいと言っているかのようだった。

「旅の無事を祈っている」と、ウワッサが言った。

「ここより北の洞窟でドラゴン・エクスプレスの次のドラゴン、ヒドラのファキ・キファ・カフィが見つかるだろう」

「ぼくらを紹介してはくれないの？」と、ぼくは不安になってきいた。

「そんなことはしたくもないし、その必要はない」と、ウワッサが答えた。

「ヒドラはもう我々に気づいているかもしれん。カフィは気にしないかもしれないが、ファキとキファは他のドラゴンが許しもなく、なわばりに入るのをよしとしないだろう。それにドラゴン学者は、ドラゴンに会ったときには自己紹介するものではなかったか？　もし君らがその古い貴重な宝物の運び手としてドラゴンに信用されているのだとすれば、そのくらいのことはできるはずだ」

ウワッサは頭を低く下げると、トーチャーと鼻面を触れ合わせた。

「この小さきものをしっかり守るように」と、ウワッサは言った。

「それでは、これでさらばだ」

ウワッサはたちまち宙に舞いあがると、すぐに空の点になってしまった。

「少なくとも、ライオンがいないだけアフリカよりはましかな」

ぼくらはトーチャーを抱いて、ウワッサが教えてくれた方向へ歩き出した。

「でも、ファキ・キファ・カフィなんて名前、ややこしいわ」

ベアトリスがつぶやいた。

「ヒドラとの交渉なんて、どうしたらいいのかわからないし」

ぼくらの行軍は、岩場をよじのぼることから始まった。山の斜面はすごく滑りやすく、足元に注意して進まなければならなかった。高く登るにつれて、風が強くなった。一方、トーチャーはすでにぼくらの先ではね回っていた。歩いてみれば、この環境も悪くないことに気づいたようだ。ある岩棚で1匹の黒い蛇を見つけたトーチャーは、嬉々としてそれを頭からむさぼるように食べた。トーチャーが初めて自力で食料を確保した、記念的瞬間かもしれない。

突然、ベアトリスが叫んだ。

「こんなところ、大嫌い！　岩だらけで歩きにくいし、自分の足につまずくし！」

疲れといらいらが極限に達したらしい。

「ぼくだって好きじゃないけど、ほかに道はないじゃないか。肝心の洞窟がそんなに遠くないことを祈ろうよ。それから、ヒドラがウワッサと同じくらい親切だといいんだけど」

「少なくともトーチャーはここが好きみたいね」と、ベアトリスが言ったときだった。ぼくらのほんの15メートル先の斜面にいたトーチャーの姿が突然、消えた。ぼくらは必死で斜面を駆けあがり、そこに口を開けている大きな黒いたて穴を見つけた。ほとんど垂直に山の中に続いている。

「トーチャー！」と、ベアトリスが叫んだ。「もどってらっしゃい！」

でも、穴の中にはトーチャーの気配すらない。

「降りていって、トーチャーを見つけなきゃ！」

穴の入口からは、丸い大きなひと続きの石が岩壁からつき出し、それが下へと降りる階段のようになっていた。規則正しく並んでいるので、きっと人間が作ったものに違いない。人間がまだ洞窟に住んでいた、遠く忘れ去られた時代に。

暗闇の中、階段を降りていくと、やがてわずかな傾斜のある固い床に着いた。穴の底は外よりも涼しく、上で吹いていた風もここには届かない。暗闇に目が慣れると、ここは奥行きがある洞窟で、つやのある黒っぽい壁が奥へ続いているということがわかった。トーチャーの姿はどこにも見えなかったが、正体のわからないカサカサという音が洞窟の奥から聞こえてくる。それになんだかすっぱいにおいもするし、ドラゴンがいる証拠の硫黄のにおいもした。

「トーチャー！」

ぼくは小声で叫んだ。暗闇のどこかで、トーチャーがしゃっくりをした。次の瞬間、トーチャーが吐き出した炎で照らされて、びっしりとコウモリで埋め尽くされた洞窟の天井が浮かびあがった。炎に驚いたコウモリは、キーキーと鳴きながら飛びまわった。耳をかすめ、髪にからみつきそうなほどに近くまで飛んでくるコウモリに、ベアトリスが悲鳴をあげた。ベアトリスの腕を引いて一緒に床に伏せると、コウモリはぼくらの上を通り過ぎ、ぼくらが降りてきた穴を通って姿を消した。

トーチャーは何度も炎を吐いてはね回っていた。無数に飛び交うコウモリを捕まえようとしていたのだ。コウモリがいなくなってトーチャーが炎を吐くのをやめたそのとき、洞窟の壁がむっくりと動いた。1対の黒い翼が広がり、3対の黄色い目が突然カッと大きく見開かれると、トーチャーに向けられた。灰色のうろこの生えた首に3つの頭と、とげのついた長いしっぽを持つドラゴンは、たった2歩でトーチャーの前に立った。

ヒドラだった。ウワッサよりは小さいが、それでも十分に大きい。トーチャーはうなりながらヒドラを見あげた。3つある頭の一つが興味深げにトーチャーのにおいを嗅いだ。ヒドラの背後には膨大な量の宝の山があった。金や宝石に混じって、何かの骨も見える。

「ファキ・キファ・カフィ！」

思わず叫ぶと、3つの頭が同時にぼくを見た。あわてて「プライシク　ボヤール」と、ドラゴン語で挨拶したが、頭の一つが返してきた返事は「ふん、ばかばかしい」

だった。トーチャーがまた低くうなった。

そのとたん、3つの頭が同時にトーチャーへ向き直り、一斉にうなり返した。その声はトーチャーのうなり声の10倍は大きかった。高低の違う、荒々しいけれど響き合う音に、洞窟全体が大きく揺れた。それでもトーチャーは恐れず、牙をむき出して炎を吐き出した。残念ながら、それはヒドラの膝までしか届かなかったけど。

「この幼いドラゴンは、気骨があるようですね」と、一つの頭が言った。

「すぐに腹におさめちまおう」と、2番目の頭が言った。

「宝に手出しされる前に、即刻追い払わねばならぬ」と、3番目の頭が言った。

ヒドラに頭が3つしかなくて本当によかった。もっと多かったら、聞いているうちに、さらに混乱するに違いない。

「どちらの方とお話しすれば、よろしいかしら?」と、さっきの1番目が続けた。

「『よろしいかしら』ときたもんだ」と混ぜっ返したのは2番目の頭。

「ぼくはダニエル、こちらはぼくの姉のベアトリスです」と、ぼくは自己紹介した。
「そして、これはトーチャー、ヨーロッパドラゴンの赤ちゃんです」と、ベアトリスが紹介したが、トーチャーはベアトリスの後ろに走りこんで隠れてしまった。
「そんな名より、『コウモリをおどせし者』と呼んだほうがよかろう」と、さっきの3番目の頭が言った。
「ちがうね、『燃えかす』がいいよ。行儀にうんと気をつけないと、そうなるってことさ」と、2番目の頭。トーチャーがまたうなった。
「すみませんが、どなたがどなたか教えていただけませんか?」と、ぼくは言った。
「教えっこなしだよ」と、2番目の頭が言った。
「わらわは教えぬ」と、3番目が言った。
「私がお教えしましょう」と、1番目の頭が言った。
「私の名前はカフィです。そしてこちらがキファで」と、2番目の頭を指し、

「こちらがファキです」と3番目の頭を指した。
「それでは、あなた方がここまでいらした御用をうかがえるかしら」
「ドラゴン・エクスプレスに乗せてほしいんです」と、ベアトリスが言った。
「北インドのジャイサルメールへ届けなければならない宝物があるんです」
「ならば、あなた方は合言葉を言わなければなりません」と、カフィが言った。
「こやつらは知らぬと思うが」と、ファキが馬鹿にしたように言った。
ぼくらは間髪を入れずに、声をそろえて叫んだ。
「ホノリフィク・アビリトゥディニ・タティーブス！」
ファキはがっかりしたように見えたが、何かを思い出したようにこっちに首をのばしてきた。
「宝物と言うておったな。どんな宝か、詳しく話してみい」
「それが、あたいたちから盗んだ宝じゃないって証拠ある？」と、キファ。

「キファとファキのことは気にしないで」と、カフィが言った。
「決まり通り、あなた方をジャイサルメールに連れていきましょう」
「きっと街の中には、お宝がざくざくなんだろうねぇ」と、キファ。
「わらわはもっとこの子らの宝物の話が聞きたいのじゃ」
ファキがくいさがる。
「インドまで乗せてやるのじゃ。わらわには知る権利があろうが」
ファキの言い分はもっともかもしれない。そこでぼくらは、セント・ペトロックの聖杯と『リベル・ドラコニス』について知っていることを全部話した。
「私たちも、その本に炎を吹いてみないこと?」と、カフィが言った。
「いいね!」とキファ。
「よかろうよ」と、ファキ。
ぼくらはヒドラのあとについて、洞窟の外に出た。ぼくが本を地面の上に置くと、突然ヒドラが頭を激しくぶつけあいはじめた。鈍い、恐ろしい音がする。

「どうしてそんなことをするんですか？」

こわごわたずねると、「火花を起こすために決まっておろうが」と、ファキが答えた。

突然、3筋の炎がファキ・キファ・カフィの3つの口から同時に吹き出した。それは赤と黄色と緑の炎で、『リベル・ドラコニス』をすっかり包んだ。でも表紙に文字は浮かびあがらず、内側も白いままだった。

ベアトリスが考え考え、口を開いた。

「ヒドラはこの本を書くのに、かかわらなかったんじゃないかしら」

「よくあるのじゃ、このようなことは」と、ファキがそっけなく言った。

「何か頼まれたり、だれかと一緒に何かするなんてありえないし」と、キファ。

「でもそれと、ドラゴン・エクスプレスの一員であることは別ですよ」と、カフィが言った。

ファキ・キファ・カフィの背は、今までに乗ったどのドラゴンよりも快適だった。ヒドラの背骨は小作りだったので、ぼくらは二人とも首にしっかりとまたがることができたのだ。それにひきかえ、トーチャーは全然乗りたがらなかった。でも、ここに置いていくことはできない。耐炎性マントの鞍をゆずってやると、トーチャーはしぶしぶカフィの首によじのぼった。

「心配しないで、小さな仔。あなたを落とすようなことはしませんよ」

ヒドラの山からジャイサルメールまでは、三日三晩かかった。その間に通ったのはカラカラに乾いた埃っぽい土地で、人が住んでいる気配はなかった。飛んでいる間もヒドラは絶え間なく口論を続けていたが（これが普通らしいと気づくまでに、ちょっと時間がかかった）、恐るべき体力の持ち主であることは確かで、夜もほんの短い休憩しか取らなかった。

二晩目のこと。ファキ・キファ・カフィは3つの頭のうち、どの頭が一番おなかがすいているかで大激論をしたあげくに、ぼくらを置いて食べ物を探しに出かけた。トーチャーにガゼルの肉を持って帰ってくれたのは助かったけれど、それからもずっとひっきりなしに言い合いをしていた。ついにベアトリスの堪忍袋の緒が切れた。

「うるさくて眠れないんですけど！　静かにしてもらえませんか？」

3つの頭はブツブツ言っていたけれど、それからは静かになった。

第14章　砂漠で待っていた罠

マハラワル（ヒンドゥー語）／マハ＝偉大なる、ラワル＝王の意。ジャイサルメールとドゥンガルプールの支配者を指す、もっともよく使われる称号。同じ意味の言葉に、マハラジャ、マハラワット、マハラナ、マハラオがある。　――語彙集『リベル・ドラコニス』より

アラビア半島を飛び立ってから4日目の朝、ファキ・キファ・カフィは丘の上の街の門から1キロ半ぐらい離れたところで、ぼくらを砂漠に降ろした。なわばりへもどっていくヒドラに手をふって、ぼくらは目の前の光景を眺めた。

ジャイサルメールの街はもともとの城壁を越えて周囲へ広がっており、今では谷間を越えた湖のすぐそばまでのびていた。石のパビリオンが点在している小さい湖

で、ドレイク博士が見せてくれた絵はがきそのままだ。

「やった、とうとうジャイサルメールに着いたよ！」

ぼくらの両親が長い時間を過ごし、ここの消印を押した手紙を何通も受け取った街、ジャイサルメール。そこに今自分がいるというのは、おかしな気分だった。

すぐにでも街に駆けこみ、両親とドレイク博士の消息を探しはじめたくて、気がへんになりそうだったが、ぼくらは注意深くやらなければいけない。ここでへまなどできないのだ。まずはトーチャーを連れていくために、容れ物を用意することにした。ベアトリスとトーチャーを砂漠で待たせておいて、ぼくは街の入口の屋台に向かった。そこでインドの蛇つかいが使うような、ふたつきのかごを見つけた。

ところが自由に歩き回ることに慣れてしまったトーチャーは、かごに入るなんてまっぴらだった。ぼくらがかごに押しこもうとすると、大いに暴れた。ベアトリスが一計を案じ、かごの底に何個かの宝石と『リベル・ドラコニス』を押しこむと、トーチャーはあっさりかごに入り、本をかぎ爪でつかんで丸くなった。まだ隙間があったので、ぼくはそこに聖杯を入れた。

ぼくらはかごの両側についている手を二人で持って、丘の上の街をめざした。やがて、大きな門に出た。壁の後ろにそびえ立っているのは、たくさんの旗がはためく大きな建物だ。これが宮殿に違いない。

門の両側に門番がいた。ライフルを持ち、ぱりっとした白い制服を着て、羽根飾りのついたヘルメットをかぶっている。彼らはぼくらをじっと見ていた。

そのとき、ぼくらがまわりからものすごく浮いていることに気がついた。インドの街の門に向かって、大きなかごを運ぶイギリス人の少年と少女が、目立たないわけがない。

「絶対怪しまれてるよ」とベアトリスにささやくと、

「黙って歩き続けて。こんなこと、毎日してるんだって顔をしてなさい」と返事が返ってきた。

門に近づくと、門番が話しかけてきたが、何を言っているのかわからない。

「私たちはイギリス人です」と、ベアトリスが言った。「英語はわかりますか？」

ぼくらを見つめるばかりの門番に、ベアトリスは別方向から話をすることにした。

「ジャイサルメールのマハラワルに会いに来ました。マハラワルに、クック家の子どもがすぐにお会いしたいと言っていると、伝えてください」

門番は返事をしなかった。かわりにかごを開けるように手ぶりで伝えてきた。

「開けられません」と、ベアトリスは頭をふって言った。「重い病気の動物が入っています。とても具合が悪いの」

ベアトリスが具合が悪い様子を身ぶりで見せてみたが、門番は納得しなかった。彼らはあっという間にぼくらからかごをもぎとると、ふたを開けた。そのとたん、トーチャーの頭がにゅっとかごからつき出した。二人の門番の目が大きくなり、あたりは蜂の巣をつついたような大騒ぎになった。
「いわんこっちゃない！」
かごのふたは乱暴に閉められ、ぼくらは門番とその仲間の兵士たちに取り囲まれたままで、街の門をくぐった。一人の門番がかごを運んでいたが、かごの中でトーチャーがうなると、あわてて地面におろした。
「牢屋に入れられるのかな」
「それより悪いわ！」と、ベアトリスが言った。
見れば、門番たちがみんなライフルの狙いをかごに合わせている。
突然、宮殿のほうからざわめきが聞こえてきた。威厳のある少年がぼくらのほうへやってくる。年はぼくらよりも少し上に見える少年は、短い黒の上着と長い白シャツ、それに白い長ズボンをはいている。門番たちはすぐにライフルを肩からおろし、少年に敬礼をした。少年がぼくらに笑いかけた。

「イギリスの方ですか？」
なんと彼は英語で話しかけてきたのだ。
「私たちはクック夫妻の子どもです」と、ベアトリスが勢いこんで答えた。
今度は少年が息をのんだ。
「すると、あなた方はダニエルとベアトリスですね？」
「そうです。ぼくらの両親の行方について何かご存知ですか？」
少年はなんと言っていいかわからないというように、目線を地面に落とした。
「残念ながら、お二人が帰国されるためにここを離れて以来、何の知らせもないのです。私の伯父、マハラワルも手がかりを調べているのですが。お二人の同僚のノア・ヘイズ氏も、タール砂漠の調査からもどって来ません」
「え、ニーアのお父さんも行方不明なんですか？」
ぼくは絶句した。

「それでドレイク博士はどうされてますか?」と、ベアトリスがたずねた。
「2週間ほど前にお着きになりましたが、すぐに発ってしまわれました。それにしても」と、少年はぼくらを見つめた。
「あなた方はここで何をしているんですか。それにいったい、どうやって、ここまでいらしたんでしょうか?」
「えっと、乗ってきたんです」
ドラゴン・エクスプレスのことは秘密かも知れないので、ぼくはあいまいに答えることにした。
「何に……」と、言いかけて、少年はやめた。
「申し訳ない。行儀の悪いことをしてしまいました。まず自己紹介をさせてください。私はランジット・シンハ、ジャイサルメールの王子です。最悪の時ではありますが、お会いできて大変にうれしい。あなた方の話をよくうかがっていたので、旧知の知人のように感じています」

「私たちもお会いできて大変光栄です、殿下」と、ベアトリスが言った。

「宮殿へどうぞ。旅の疲れを癒してください。軽い食べものはいかがですか」

トーチャーの入ったかごをベアトリスと二人で持つと、ぼくらは王子について宮殿の門をくぐった。宮殿は広く、王子の部屋は二間がひと続きになった豪華なものだった。部屋の装飾は風変わりな東洋風だったが、壁には兵士や大砲の写真、そしてヨーロッパとインドの地図が貼ってあり、ドラゴンの写真もあった。

「どうか門番たちの非礼を許してやってください」と、王子は大きな鏡の前で立ち止まった。「あなた方を物乞いだと勘違いしたのです」

言われてのぞいた鏡の中には、今まで見た中でも一番汚らしい子どもが二人映っていた。ぼくらはずっとお風呂に入ってないし、ドレイク城を脱出するときにあわてて着てきた服は、長旅のあいだにすっかりくたびれて、正直につけ加えるなら、かなりにおいはじめていた。
「着る物をお出ししましょう。どうぞお風呂にも入ってください。でもその前に、かごの中身をおたずねしてもよろしいですか？　先ほどから動いているのです」
ベアトリスとぼくは顔を見合わせた。ふと思いついたことがあって、ぼくは指を床につけた。ランジット王子も同じようにした。
「ドラゴンが飛ぶとき」と、王子が言い、「ドラゴンは目で見る」とぼくが続けた。続けて王子が「ドラゴンが吠えるとき」と言い、「ドラゴンはかぎ爪でつかむ」と、ベアトリスが終わらせた。
「では、あなた方もご両親と同じドラゴン学者なのですね。S.A.S.D.の合言葉を覚えていてよかった！」と、ランジット王子はほっと息をもらした。
「まだ、修行中ですけれど」　ぼくはかごのふたを開けながら言った。
かごの中から蛇つかいのコブラのようにゆっくりと現れたのは、トーチャーの頭だった。ランジット王子は喜んで手をたたいた。
「これはヨーロッパドラゴンの幼体ですね。なんという名前ですか？」
「トーチャーといいます」
ベアトリスが紹介すると、名前を呼ばれたトーチャーがかごからぴょんと、とんで出た。ランジット王子が手をのばすと、おとなしく頭をなでられている。
「おなかも背中もすごく喜びますけど、あごの下だけはくすぐらないでください」と、ぼくはつけ加えることを忘れなかった。
「宮殿が火事になってしまいますから」
本当はすぐにでも、何かできることを始めたかったが、一番事情を知っているマハラワルは砂漠の探索で留守だった。そこでぼくとベアトリスは待っている間にお風呂に入り、着替えをして食事をすることにした。
その間にもぼくらは王子と情報交換を続けた。王子によると確かに1か月以上前、お父さんたちはジャイサルメールを発ってボンベイに向かっていた。
「姿を消しているのは、両親やヘイズさんだけではないんです。他にも行方不明になったドラゴン学者がいるらしいのですが、どれも誘拐らしいんです」
「誘拐だなんて、いったいだれが？」
ぼくの言葉にランジット王子は身をのり出した。
「ドレイク博士はロシアのドラゴン学者、アレクサンドラ・ゴリニチカが黒幕ではないかと疑っています」と、ベアトリス。
「あなた方はドレイク博士を探して、ここへ来られたのですね」
「そうです。S.A.S.D.の二つの宝物をドレイク博士に届けるために」と、ぼくは説明した。
「『リベル・ドラコニス』という本と、セント・ペトロックの聖杯です。イギリスドラゴン協会から直々に頼まれたのですが、本にはナーガの伝染病を治せる薬の作り方がのっているというんです」
「ナーガを救うには遅すぎたようです」ランジット王子が声を落とした。
「ナーガが1体残らず死んでしまったということではないですよね？」
「そうでなければいいと思っていますが」と、ランジット王子が言った。
ぼくは怖くなった。ベアトリスも青ざめている。
「ドレイク博士がどちらへ向かわれたかご存知ですか？」と、ぼくはきいた。
「博士は中国に向かわれました」と、ランジット王子が言った。
「中国奥地の秘密の場所にある宏偉寺という寺院と聞いています。そこの僧侶たちがドラゴンの疫病を治す薬を研究しているのです。そして、中国の龍を救う時間がまだあることを信じてます。龍にも病気が広がっていることは知っていますか」
ぼくらはうなずいた。
「私たちも今すぐ宏偉寺に行かなければなりません」と、ベアトリス。

「では、これからマハラワルに会いに行きませんか」と、ランジット王子が提案した。「伯父がもどってくるまで待ってはいられないでしょう。彼はあなた方の中国行きを助けてくれるはずです」

身支度がすむと、ぼくらの見かけはイギリスの子どもというより、インドの王族の子弟といった感じになった。肩かけかばんには宝物、バスケットには食料がたっぷり入っている。ランジット王子にラクダを選んでもらって、乗り方を教わったあと、ぼくらは早足で出発した。トーチャーの入ったかごをくくりつけたラクダにぼくが乗り、もう1頭にベアトリスが宝物の入ったかばんを肩から下げて乗った。

ぼくらは王子と一緒にかなりの速度で、砂漠の中を進んでいった。目に入るものは砂丘以外にはなかったが、ぼくはトーチャーが退屈しないようにかごのふたを開けてやろうと思った。でも、これが間違いだった。かごからトーチャーが頭をつき出したとたん、ラクダがふりむいてトーチャーに気づいてしまった。間が悪いことは重なるもので、ちょうどそのとき、トーチャーが火をゴウッと吐いてしまったからたまらない。次の瞬間、ラクダが弾丸のように砂漠を駆けだした。

たちまちベアトリスもランジット王子も背後に遠ざかった。何をやってもラクダは止まらない。ふり落とされないようにしがみついているだけで必死だった。1キロメートルぐらいつっ走ったあとだったろうか、突然ラクダがぴたりと止まった。何かラクダがおびえるようなものが近くにあるのだ。ぼくはトーチャーを連れて、すばやくラクダから降り、ラクダをおびえさせたものを探してあたりを見渡した。

ぼくが見つけたのは、驚くべきものだった。木の切り株に巻きついて目を固く閉じていたのは、蛇のような体に人間のような頭のついた生き物だった。茶色い唾が口元から垂れている。ナーガだ！　まだ生きているのか、死んでいるのかわからなくて、ぼくはそろそろと近づきはじめた。

突然ナーガの目がカッと開き、警告するように言葉を発した。
「アルルルプトゥー！」
「止まれ！」
追いついてきたランジット王子が後ろから叫んだ。
「なんですって？」と、ぼくはきき返した。
「そのナーガは君に『止まれ』と言っているのだ。もう病気の末期のようだ」
こともあろうに、病気のドラゴンの前にトーチャーを連れていくなんて！　ぼくは自分のうかつさを呪った。
「まだ生きているナーガがいたとは！」と、ランジット王子が言った。
「どうやってこんな街の近くまでたどり着いたのだろう。だれかがわざとここまで連れて……」
そのとき、ぼくらの後ろで銃がカチャリと鳴った。

「だあれも運んでなんかないぜ」と、あざ笑うような下町訛りの声が言った。その声にぼくは聞き覚えがあった。

「そいつは自分でここまで這いずってきたのさ。ジャイサルメールのマハラワルに、俺のことを言いつけようとしてな」

ぼくらはふりむいた。予想通り、警官のふりをしてドレイク城にやってきた、あの黒い上着、黄色い歯の男が立っていたのだ。

その男の隣には、帽子を斜めにかぶった肌の浅黒い男が立っていた。顔だちがニーアに似ているから、この人がニーアのお父さんのノア・ヘイズさんに違いない。やつれた表情のない顔で、ぼくらに銃を向けている。

「ヘイズさん、どうしたのですか？」と、ランジット王子が叫んだ。

黄色い歯をした男が、地面に唾を吐いた。

「催眠術はありがたいもんだね、王子様。おかげで、こいつも役に立ってる」

ベアトリスの顔に恐怖が浮かんだ。
「ガメイさんとニーアはどこ？」と、ベアトリスが叫んだ。
「ロシア人のご婦人に会いに行ったよ」
間違いない、ゴリニチカのことだ！
「でもあのご婦人が会いたがっておられるのは、お前たちだ。ドレイク城ではまんまと逃げられたが、今度は逃がさん。俺のことはシャドウェルって呼びな」
そう言いながら、男がゆっくりと上着のポケットを外すと、そこから顔を出したのはドワーフドラゴンのフリッツだった。ぼくは自分の目が信じられなかった。「ドラゴン・アイ」をめぐる冒険では、こいつにさんざんひどい目にあわされたのだ。フリッツはシャドウェルの肩にのぼると、そこからベアトリスが持っていた宝物の入ったかばんに飛びかかった。ベアトリスもかばんを離さず、綱引きになった。トーチャーが怒ったようにうなると、ぼくの腕から飛び出して、フリッツに襲いかかった。シャドウェルがニヤリと笑って銃をトーチャーに向けた。
「おれだったら、小さいのにはおとなしくさせておくがな」
従うしかなかった。ぼくは、うなりながらフリッツにとびかかろうとしていたトーチャーを抱きあげた。ベアトリスもトーチャーを撃つと言われては、かばんを離すほかなかった。
ランジット王子が怒りに震えながら、口を開いた。
「私の伯父はこのあたりの王である。私や、客人にもしものことがあれば……」
「うるせえよ」と、シャドウェルがランジット王子の言葉を断ち切った。
「さて、何を持ってきたか、見せてもらおうか」
シャドウェルはぼくらのかばんを開けると、中の物を全部出した。
「古くさい本に魔法の杯か。どっから盗んできたんだか」
「私たちはそんなことしないわ」と、ベアトリスがきっぱりと言った。

「それは私たちの家に代々伝わる家宝よ」
「バカ言え！」
シャドウェルは足の先で本を開いた。
「なんにも書いてないじゃないか。俺は別に本に関心はないが、あのロシアのご婦人は見たがるだろうて。もし、いらんとなれば売っぱらうだけだし、なあ？」
シャドウェルはセント・ペトロックの聖杯を手にした。
「おお、これはきっとお気に召すこったろう。なあ、ヘイズ？」
ヘイズさんは何も言わなかった。シャドウェルはぼくらをふりむいて言った。
「このかわいそうなヘイズは、あんまりしゃべんねえんだ」
「この悪魔！」
ベアトリスがののしったが、シャドウェルは気にもしなかった。
「お前ら二人は、俺と一緒に来るんだ。王子様におかれましては、どうかお一人でジャイサルメールまでおもどりくださいますよう」

「私たちをどこに連れて行こうっていうの？」

「来ればわかるって」と、シャドウェルは答えて、ドラゴンの呼び笛を吹いた。

すぐに2体の真っ黒なツングースドラゴンが上空に現れた。地上に降りると、ウワッサと同じくらい大きかった。ドラゴンにはそれぞれ、高い鞍に座っているドラゴンの御者がいた（この御者は「モホート」というのだそうだ）。体の小さな男たちで、毛皮の縁取りのついた皮の服に縁なし帽をかぶり、ゴーグルをつけていた。そして片手には鞭のかわりに先端がかぎになった短い鉄の棒、アンクスを持ち、もう片方にドラゴンの轡からのびた長い鎖の手綱を握っている。

ドラゴンの背には鉄のよろい戸がついたずんぐりした輿が取りつけられていた。これは昔の戦場で、ゾウが背負っていた戦争用のホーダだ。ドラゴンたちの目は鈍く、生気がなかった。今のヘイズさんそっくりだ。

モホートがドラゴンの背中から縄ばしごを投げおろした。縄ばしごがそばに揺れながら落ちてきたとき、なぜかミントのにおいがした。

口をぽかんと開けて見ていたぼくとベアトリスに、シャドウェルが言った。

「戦闘用ドラゴンを見たことがないのか？　ヘイズ、こいつらが逃げようとしたら、すぐに撃て。ただしできるだけ殺すなよ」

それから恐ろしいことに、シャドウェルはトーチャーをすばやく捕まえた。

まずトーチャーの脚を縛ると、長くて太いひもで口をぐるぐる巻きにした。ぼくらの大事なドラゴンの赤ちゃんは、たちまち縄の塊になってしまった。

「そんなにひどく縛らないで！」と、ベアトリスが懇願した。

「お前が黙らなきゃ、もっときつく縛りあげてやってもいいぜ」

ベアトリスがうつむいてくちびるをかむと、涙が頬を伝って流れ落ちた。

「さて、お嬢さんや、あんたはこの小さいドラゴンとヘイズと一緒にあっちのホーダに乗ってもらう。俺とフリッツは、そこのお若い紳士と一緒にいく」

ぼくらが動こうとしないのを見て、シャドウェルはポケットから銃を出した。

「とっととしやがれ、ガキどもめが」と、シャドウェルが言った。

「大好きなパパやママに会いたくねえのかい？」

ベアトリスとぼくは目を見合わせた。やっぱりゴリニチカがぼくらの両親を誘拐していたんだ。他の行方不明者もそうに違いない。ベアトリスはシャドウェルをきつくにらみつけると、トーチャーを抱えたヘイズさんと一緒にホーダに乗りこんだ。ぼくはシャドウェルとフリッツと一緒だ。ぼくをホーダの椅子に座らせると、シャドウェルは大きな白い毛皮を投げてよこした。

「さあ、これでシケた砂漠ともおさらばだ！」と、シャドウェルが叫んだ。

シャドウェルが合図を送ると、ツングースドラゴンが飛び立った。地上を離れてはじめて、ぼくは残されたランジット王子の姿を見ることができた。死にかけているナーガの横に立ち尽くしている王子の顔には、ナーガと同じ苦悶の表情が浮かんでいた。

第15章　氷の宮殿

人間には権力を求めてやまない者と、富を希求するものがいる。人間を相手にするときには、そのどちらであるかを見極めることが肝要だ。

――我らがうろこなき友についての覚え書き

『リベル・ドラコニス』より

飛び立つなり、黒いツングースドラゴンはものすごい速度で飛びはじめたので、シャドウェルはすぐによろい戸を閉めた。おかげで風が鳴るのはやんだけど、ホーダの中はひどく暑くなった。

ドラゴンは北東に進んで広大な砂漠を過ぎ、次に森を横断した。ぼくはしばらくはホーダの隙間から下をのぞいていたけれど、やがて断続的な眠りに落ちた。疲れていたのかもしれない。目が覚めたときには日も落ちていて、空気が冷たかった。行く手には雪をかぶった高い山脈が見える。ぼくは毛皮を体に巻きつけた。

シャドウェルも毛皮を体に巻きつけ、小さな酒瓶からちびちび飲みながら金を数えていた。ぼくが起きているのに気がつくと、銃を下へふって見せた。

「世界の屋根、ヒマラヤへようこそ」と、シャドウェルが言った。

ぼくはツングースドラゴンも夜には休むだろうと思っていた。あのウワッサですら、続けては飛ばなかった。でもツングースドラゴンは暗くて寒い大気の中を、休むことなく飛び続けた。毛皮を巻きつけていても、寒さで歯の根が合わなかった。

「ちったあ鍛えたほうがよさそうだな、ぼうや」と、シャドウェルが笑った。

「モホートと一緒に外で座ってみな。骨まで凍るぜ」

太陽が昇ると、ドラゴンはゆっくりと飛んだ。シャドウェルがよろい戸を開けると、信じられないほどすばらしい光景がぼくの目に飛びこんできた。ドラゴンに乗らないかぎり、こんな神秘的な情景を見ることはできないだろう。世界でもっとも高い山岳地帯を、ずっと上空から見下ろしているのだ。

「あの山を知ってるか？」

シャドウェルが、まわりのどの山よりも高い山を指さして言った。

「あれはエベレストってんだ。世界で一番高い山だ」

「そこに行くの？」

「いや、違う。その隣の山、ギャチュンカンだ。このへんの言葉で『百の谷が集まる山』って意味だが、俺は『ゴリニチカ山』って呼ぶのが好きだ」

その頃には、ドラゴンはギャチュンカンの片側にあ

る氷河の谷の上を旋回しながら高度を下げはじめていた。下には氷でできた建物がいくつか見える。

「ゴジュンパ氷河だ。きれいなもんだろう、え？」と、シャドウェルが言った。

「これは自然が作ったんでも、人が作ったんでもない。ドラゴンが作ったもんだよ。ドラゴンが炎で氷を溶かして作ったんだ」

ツングースドラゴンはついに広い雪原に着陸した。モホートの皮の上着には霜が分厚くこびりついている。彼らはドラゴンの背を伝ってきびきびと歩いてくると、ぼくらを降ろすために、縄ばしごを雪原に向けて投げおろした。

毛皮を巻きつけたまま、ぼくらは雪でできた小道を歩いた。ベアトリスがトーチャーを抱いている。薄いインドの上履きを通して、雪の冷たさがぼくらの足を凍らせた。足の冷たさを忘れるために、ぼくはモホートとツングースドラゴンがどうして休まずに飛び続けられたのかを一生懸命に考えていた。

すぐに氷壁にぽっかりと口を開けている巨大な洞窟の入口に来た。その奥には、氷河の中心部に向かう通路がくねくねと続いている。

「でっかいもんだろう、え？」と、シャドウェルが言った。

「5体のドラゴンで2か月がかりで作ったんだとさ。さ、歩いた歩いた！」

ぼくらはシャドウェルとヘイズさんの前を歩かされて、洞窟に入っていった。

やがて重そうな鉄の扉の前に出た。2体の巨大なフロストドラゴンが彫像のように扉の両側に座っている。あの黒いツングースドラゴンのように、このフロストドラゴンの目もうつろだった。ドラゴンはみな誇り高く、自由でいなければならないのに、ここのドラゴンはどれも魂が抜けているようだ。シャドウェルが扉の前で3回手を打つと、フロストドラゴンが鉄の鎖を引いて重い扉が開いていった。

ぼくらの背後で扉が閉まるや、今度は熱気が押しよせてきた。ぼくらはランプがたくさんともった大きな広間に立っていた。壁際にはドラゴンの彫刻のある氷の柱が立ち並び、壁にはドラゴンの絵の織りこまれた大きな布がかかっている。氷の床には歩きやすいように木の渡り廊下ができていた。広間には数多くの鉄の扉があり、その奥には氷の廊下がのびていた。この宮殿のどこかに、お父さんたちがいるのだろうか。

木の廊下は広間の終わりで右に折れ、先には1対の小さな扉があった。

「さあ、ゴリニチカ様がお待ちかねだ」と、シャドウェルが言った。

アレクサンドラ・ゴリニチカは、ドラゴンをかたどった大きな玉座に座っていた。長く黒い髪が美しい顔の横に滑り落ちている。玉座は固い氷でできていて、座り心地をよくするために毛皮が厚く敷かれていた。ぼくらが近づくと、ゴリニチカは顔をあげてほほえんだが、それはいい感じのする笑顔ではなかった。

ゴリニチカのそばには若いフロストドラゴンがいて、頭をゴリニチカの膝に乗せていた。ゴリニチカは機械的にその頭をなでていたが、このドラゴンも他のドラゴンと同じく目がうつろだった。ゴリニチカのもう一方の手が胸元でいじっていたのは、セント・ギルバートの角だった。S.A.S.D.から盗まれた宝物の一つが今、ゴリニチカの首にかかっている。これでドラゴンをあやつっているのだ。

ぼくらの宝物の入ったかばんを、シャドウェルはゴリニチカの足元に置いた。

「あなたたちにまた会えるなんて」と、ゴリニチカがあざわらうように言った。

「あのときは運があったわね。私はてっきり、あの邪魔なドレイク博士やウォントリーダムと一緒に、あなたたちも埋まったんだとばかり思っていたわ」

「お父さんたちをどうしたの？」と、ベアトリスが叫んだ。

「大人が話しているときには、子どもは静かにしているものよ」

「いいえ、私たちには知る権利がある。それにこのドラゴンたちに何をしたの？」

ゴリニチカは笑った。

「わからないかしら？」と、ゴリニチカは胸元のセント・ギルバートの角を持ちあげて見せた。
「私に忠誠を誓っているツングースドラゴン以外には全部、これを使ったの。ドラゴンの粉もちょっぴりね。ツングースドラゴンは私の家に伝わる昔ながらのやり方で卵から育てたから、私のことを母親だと思っているわ」
「全部のドラゴンを、そうやってあやつるつもりなんだね！」
「そうなったら、すばらしいと思わない？　私は真のドラゴンの女王になるのよ。確か5千かそこらしか残っていないとは思うけど。すべてのドラゴンを支配したいわけじゃないわ。頭のいい、私に従うドラゴンだけを残すの」
「ドラゴン学者を誘拐するのはどうして？」と、ぼくはきいた。
「腹立たしいけど、あの人たちの助けが必要なこともあるのよ。不本意ながらもれてしまったドラゴンの伝染病が、ちょっと困ったことになっているの。ドラゴンを皆殺しにするつもりはないから、治療法を得るために『採用』したのよ」

「ばかな人ね、お父さんやお母さんがあなたを助けるわけがないじゃない！」

ベアトリスの言葉に、ゴリニチカの目がギラリと光った。ゴリニチカが合図をすると若いフロストドラゴンは立ちあがり、恐ろしいうなり声をあげた。そして牙をむき出してベアトリスに襲いかかろうとしたとき、トーチャーが縄から抜け出し、ベアトリスの前に立ちはだかった。

「トーチャー、やめて！」

フロストドラゴンのしっぽのひとふりでトーチャーは横ざまに打ち倒され、氷の床を滑っていった。すぐに立ちあがったトーチャーだったが、フロストドラゴンに正面から恐ろしい氷の息を吹きかけられ、たちまちカチンコチンに凍りついた。

「その子を殺さないで！」と、ベアトリスが叫んだ。

「殺しはしないわよ、まだね」と、ゴリニチカはぴしゃりと言った。そして怒った顔でシャドウェルのほうを向いた。
「私に服従していないドラゴンはしっかり縛りあげるように、と言っておいたはずよね。今度同じことがあったら、承知しないから」
口の中で何か弁解しながら、シャドウェルはトーチャーを部屋から連れ出した。フリッツがそのあとを追って飛んでいった。
「私に従わないとこうなるのよ。それでもお前たちは私を助けないの？」
「絶対にいやだ」と、ぼくは答えたけど、ゴリニチカは笑っただけだった。
「おやそう。でも、お前たちはもう私を助けてくれているのよ」
足元のかばんから宝物を取り出したとき、ゴリニチカの顔に笑みが広がった。
「『リベル・ドラコニス』とセント・ペトロックの聖杯！　S.A.S.D.の宝物を二つも持ってきてくれたのね。こんな貴重なものを、子どもがどうしようというのかしら。治療法を探している博士のところに持っていくつもり？」

ゴリニチカは本を開いた。そのとたん、笑みが彼女の顔から消えた。
「どうして白紙なの」
ぼくらは押し黙ったまま、どちらも答えなかった。
「ドラゴン学者はみんな同じね！」と、ゴリニチカが叫んだ。
「でも最後には話すことになるわ。お前たちの両親を今、捕まえているのはだれかしら？　でも、いいわ、お前たち二人には別の使い道もあるから。ドレイク博士を捕らえようものなら、お前たちの命は博士に治療薬を作らせる十分な理由になる」
「博士を捕まえる必要なんかない。博士にその宝物が届けば、どこにいても博士は治療法を見つけるし、どんなドラゴンにだって薬を分けてくれるよ」
「それがいやなの。ドレイク博士は治療が必要なドラゴン全部に、薬をあたえてしまうでしょう。でも私は、私に従うドラゴンにしか薬はやりたくないのよ！」
ゴリニチカは立ちあがって指を鳴らすと、玉座の後ろで静かに侍っていたフロストドラゴンを下がらせた。
そして宝物を持つと、玉座の間から広間を通って長い廊下へぼくらを連れ出した。曲がった階段をいくつも降りてたどり着いた、重い鉄でできた扉の前で、ゴリニチカは呪文を唱えた。
「ユニコルヌコピア！」
扉の中は部屋全体が氷でできた、巨大な宝物倉だった。そこにゴリニチカがウォントリーダムから盗んだ宝物、スプラターファックスと、セント・ジョージの槍があることに気がついた。他にも多くの剣や杯、お守りやら、ありとあらゆる色の宝石が床の上にうずたかく積みあげら

れている。その一番上に、短い翼のついたピンクのイモムシのようなものがいた。ぐっすり眠っているらしい。

「セント・ギルバートの角を間抜けなイグネイシャス・クルックから取りあげて以来、私が手に入れた中で、一番すばらしいドラゴンがこれよ」

ゴリニチカはイモムシを指さした。

「これは純血種のバシリスクなの。生きているものの中で、もっとも恐ろしい生き物よ。どんなものにも姿を変えられるの。今や、私の宝物の無敵の番人よ」

耳ざわりな笑い声をたてて、ゴリニチカは『リベル・ドラコニス』と杯を他の財宝の上に置き、黙ってついてきたヘイズさんのほうに向き直った。

「シャドウェルをここで待ちなさい。銃はいつも子どもたちに向けておくように」

そしてぼくらのほうを見て、薄笑いを浮かべながら言い足した。

「少しでも逃げ出すような気配が見えたら、撃ちなさい。構わないわ」

第16章　うれしい再会

世界中の動植物については、多くのことが解明されてしまっているが、こと人間学の分野では、いまだに心躍る新発見への道が開いている。

――我らがうろこなき友についての覚え書き

『リベル・ドラコニス』より

シャドウェルはぼくらを宝物倉から連れ出すと氷の廊下を通り、さらにいくつもの階段を降りた。シャドウェルは、格子のついた重い金属の扉の前でやっと止まった。扉は氷の壁の中に埋めこまれている。

「新しい家へようこそ」

シャドウェルはぼくらを横目で見ながら、大きな鍵束から錠前に合う鍵を見つけると、扉を開いた。

中に入ってすぐ、お母さんの姿が見えた。次にお父さん。ジャイサルメールで働いていたから肌は日に焼けていたけれど、それ以外は4年前、最後に見たときと変わってなかった。すぐには目にしたものを信じられなくて、ぼくはその場に立ち尽くした。

「ダニエル！　ベアトリス！」

お母さんは走ってくると、ぼくらのことをぎゅっと抱きしめた。お父さんも駆けよってきた。扉が音をたてて閉まり、シャドウェルは出ていったが、ぼくらは気にしなかった。

それからぼくらは、何度もぎゅっと抱き合いながら、何もかも話した。ドレイク城にマハラワルからの電報が届いてから起こったことを、全部だ。

「ドラゴンたち自身が宝物のありかを教えるなんて。今回の行動は、極めて異例だわ」と、お母さんが言った。「ドレイク博士でさえ、『リベル・ドラコニス』とセント・ペトロックの聖杯に治療の鍵があるとは、気づいていないと思うの。博士はまだドラゴン・マスターになったばかりで、引き継ぐべき知識を受け取りきっていないと思うから」

「そうだな」と、お父さんも賛成した。「だからドラゴンたちが、お前たちを頼ったというのは大変に名誉なことなんだよ」

「うん。でもトーチャーがいなかったら、宝物は見つけられなかったよ」

「トーチャーは、ヨーロッパドラゴンの赤ちゃんなのよ。私たちが卵から育てたの。でもゴリニチカに捕まってしまったわ！」

ベアトリスは泣きはじめた。

「ゴリニチカは、トーチャーをどうするつもりなのかしら？　もし凍ったままだったら死んじゃうわ。それに、もしゴリニチカが『リベル・ドラコニス』を読む方法に気づいたら、ドラゴンを支配するもっと大きな力を手に入れることになるわ」
「何か手があるはずよ」と、お母さんがベアトリスの頭を優しくなでた。
「もちろんだとも！　トーチャーと宝物の両方を取りもどして、ドレイク博士の元へ届ける方法を考えよう」と、お父さんが言った。
「セント・ギルバートの角も取りもどさなきゃね」と、ぼくは言った。
「そうすれば、ゴリニチカはそう簡単にドラゴンをあやつれなくなる」
でも氷の宮殿の地下に閉じこめられているのに、どうやったらトーチャーと宝物を取り返せるんだろう。ここには本当に、なんの道具もないのだ。
そのとき、ぼくらは廊下にシャドウェルの声を聞いた。扉が開くとそこには、驚いたことにニーアとガメイさん、それにベルナルドさんが立っていた。シャドウェルがぼくらの機嫌を取るように優しい声を出した。
「ちっと混み合うが我慢してくれよ。新しく研究室を作るんで場所がいるんだ。感動の再会ってのは大好きなんだが、博士を追跡しなきゃならないんでね。そろそろ博士も、ここにどんな人間がいるのか知ってもいい頃だわな」

シャドウェルは廊下に身を乗り出して叫んだ。

「おい、こっちへこい！」

いつものように無表情なヘイズさんが銃を携えて入ってきて、壁際で銃口をこちらへ向けて立った。それを見て、ニーアがぽかんと口を開けた。

「こいつらが逃げようとしたら、撃つんだ」

シャドウェルはそう命令すると、高笑いをしながら出ていった。

そのとたん、ニーアはヘイズさんに駆けよった。

「父さん！」と首に抱きついた。でも、ヘイズさんはかじりつこうとするニーアを邪険に押しのけただけだった。ニーアはくちびるを震わせた。

「父さん、どうしたっていうの？　私がわからないの？」

「静かにしろ」と、ヘイズさんが感情のない声で言った。

「お父さんはきっと、ゴリニチカに催眠術をかけられているんだわ」

ベアトリスがなぐさめると、ニーアはわんわん泣きはじめた。やっとお父さんに会えたのに、お父さんにはニーアのことがわからないなんて。

「催眠術を解く方法はあるよ。心配しなくてもいいよ」

ぼくとベアトリスは、ニーアをヘイズさんから遠い隅に連れていって座らせた。

その間にガメイさんは、お父さんたちにドレイク城からここまでの話をした。

「シャドウェルとその手下に誘拐されました。ダニエルたちがトーチャーを連れて脱出してくれたし、ダーシーも森まで逃げおおせましたけど、私とニーアは捕まり、どこかの倉庫へ連れていかれました。そこに戦闘用ドラゴンが来ました。ゴリニチカの手下はパリでも、弟のベルナルドとフランスのドラゴン・マスターを襲いました。ドラゴン・マスターだけはパンテオンが逃がしたのですが、パンテオンはそのときにひどい怪我をしました。今もここに囚われているはずです」
それを聞いたベアトリスが、ぼくらをパリから逃がすためにパンテオンがとった作戦を話した。話を聞き終わったガメイさんが、ぼくらにたずねた。
「ドレイク博士には会えたの？」
「いいえ」と、ぼくは答えた。
「ぼくらもタール砂漠でシャドウェルに捕まったんです。でも、マハラワルの甥のランジット王子が、博士は中国のお寺に行ったと教えてくれました。龍の治療薬を作っている僧侶を手伝っているんですって。でも、ぼくらのことを知ったら、薬作りを中断してここへ来ちゃうかもしれない」
「ここへ来させてはいけないわ、罠です」と、ガメイさんがきっぱりと言った。
「だからぼくらは、自力でここから脱出しなきゃいけないんです」と、ぼくは言った。すると、ベアトリスが横目でぼくを見た。

「まず、ヘイズさんの催眠術を解きましょう」

ぼくも以前、トーチャーの兄のスコーチャーに催眠術をかけられて、ドレイク博士がくれた苦い薬で正気にもどったことがある。ここにその薬はないけど、博士はたくさん計算するのも効果があると言っていた。

「ねえ、ニーア。君はドラゴンに催眠術をかけられたことがある？」

「あるわ。そのときには山ほどの算数の問題を解いている間に、古いスペイン語の歌を聞かせてもらったの。私を育ててくれたメキシコ人の女の人が歌ってくれたのよ。問題を解いている間ずっと聞いていたから、歌も九九もすっかり覚えたわ。『バンターレ、バンターレ、バンターレ、バンターレ』って、優しく歌うのよ」

「すばらしい」と、お父さんが言った。「ニーアがその歌を歌っている間に、ベアトリスとダニエルは、ヘイズさんに算数の問題を解いてもらいなさい」

そこでぼくらは3人でヘイズさんの隣に座りこんだ。ぼくがまず問題を出した。

「ヘイズさんは算数がとっても得意だと、ニーアに聞きました。お父さんたちに説明したいことがあるんですけど、うまく言えなくて困ってるんで、助けてもらえませんか。ワイバーンがパリから7時間飛んで、その距離が345キロメートルだったとき、どれだけの速さで飛んだって言えばいいんでしょう?」

ヘイズさんは、答えていいものかどうか考えるようにぼくらを見たけれども、結局計算を始めた。

「ワイバーンは時速約49キロメートルの速度で飛んだ」

「そのワイバーンは、片側の翼の長さが2・4メートルあるんです。両方の翼を広げたら、どのくらいの長さになるのかしら?」と、今度はベアトリス。

「4・8メートル」

ぼくらがこんなふうに次々と問題を出し続けたので、ヘイズさんは困ったような顔になった。でも、早く催眠から覚めてもらうためにやるしかない。ぼくら自身のためにも、そしてドレイク博士やドラゴンのためにも。

ぼくらには運があった。ぼくらの見張りをずっとヘイズさんがすることになったのだ。おかげでぼくらは、いつもヘイズさんを算数の問題責めにできた。問題はどんどん難しくなり、ニーアはヘイズさんの横で例の歌を小さい声で歌い続けた。

3日目の午前中からは、ベルナルドさんが問題を出してくれた。

「113・4を7倍すると？　2971万1133に3万8998を足したら？　100を8で割るといくつ？　64の平方根に8の2乗をかけたらどうなる？」

ヘイズさんもどんどん答えた。

「793・8。2975万131。12・5。512」

4日目の朝も、はじめはいつもと変わらなかった。でも、ぼくらが問題を出しはじめて30分ぐらいしたとき、ヘイズさんは銃をおろした。そしてたった今、初めて気がついたかのような顔をしてぼくらを見あげた。
「ニーアじゃないか」と、ヘイズさんはささやいた。
「本当にニーアかい？」
ニーアが叫んだ。
「父さん！　ああ、父さんが帰ってきた！」
ニーアは腕をヘイズさんに巻きつけると、ぎゅっと抱きしめた。お父さんたちもヘイズさんと固い握手をかわした。
ヘイズさんがお父さんたちに言った。
「いろいろ聞かせてもらわなくちゃなりませんね。タール砂漠にいたはずが、気がついたら算数の問題責めにあっていたんですから」
そこでこれまでのことを、みんなでヘイズさんに教えた。
「私たちの脱出作戦に協力してください。ゴリニチカたちの前では、催眠にかかっている芝居を続けてもらえますか」

「もちろんですとも。俺も脱出する方法を探してみます」

ヘイズさんはそれからも催眠にかかっているふりをして、ぼくらの見張りについた。ぼくらと一緒にいない時間には、疑われないように気をつけてゴリニチカの氷の宮殿の内部をできる限り調べてくれた。

「歩いて出るのは無理です。ここから何百キロメートルも先まで氷河と山脈が続いている。何の装備もなく屋外に出たら、5分ともちません。ここへの出入りは、ドラゴンに頼っています。黒くて大きなツングースドラゴンが多いが、他のドラゴンもいます。しかも毎日新しいドラゴンがやってきていて、数が増えているんです」

「そんなに多くのドラゴンを支配下に置くには、大量のドラゴンの粉が必要だ」

ベルナルドさんが考え深げに言った。

「セント・ギルバートの角の効果にしても、そういつまでも続かない。そんなに大量のドラゴンの粉をどこで手に入れているんだろう。粉の入手を妨害できれば、逃げ出せる公算も大きくなるというものだが」

「ドラゴンの粉についてはわからない。俺が入れたのはドラゴンの居住区とこのあたりの牢屋、それに宮殿の主な部分だけです。でも、わかったことがあります」

ぼくらはじっと、ヘイズさんの言葉を待った。

「やっぱり病原菌をばらまいたのは、ゴリニチカのようです。どうやってだか、ゴリニチカは、ドラゴンを死に至らしめると言われる粉が入った古い小瓶を手に入れたんです。最初は軽い症状しか引き起こさなかったので、古くなったせいで効力が弱まったと思ったらしい。ところがそれは、世界中のドラゴンを殺すかもしれない伝染病になってしまったという訳です」

その夜、ヘイズさんはぼくらをびっくりさせるものと一緒にもどってきた。

ヘイズさんが扉を開けるなり、部屋に走りこんできたのはトーチャーだった。

「トーチャー！」

ベアトリスとぼくは、思わず叫んでしまった。

ぼくらはトーチャーに駆けよると、抱きしめたりなでたりした。トーチャーも元気にしっぽをふり回しているところを見ると、凍らされた後遺症はなさそうだ。

「どうやって連れ出せたんですか？」

「ドラゴンの居住区の隅にいたんだが、そこにいたパンテオンというガーゴイルが連れ出すのを手助けしてくれたんだ」

ヘイズさんが教えてくれた。

「パンテオンですって！」と、ガメイさんが叫んだ。
「彼は元気ですか？」
「元気とは言えないが、無事な様子でした」と、ヘイズさんが言った。
「ゴリニチカが使うドラゴンの粉は、ツングースドラゴンのものでした。自分に従うドラゴンを増やすために、ゴリニチカは多くの母ドラゴンに卵を生ませ、その巣から大量の粉を採集していたのです。これはガーゴイルには効かないんですが、パンテオンは俺と同じように、催眠術にかかったふりをしていました。パンテオンによれば、彼に従っているガーゴイルの一党が宮殿の外で救出の機会をうかがっているそうです。パンテオンは脱出できると固く信じてますが、我々もできるだけ早く脱出しなければならなくなりました」
「なぜですか？」と、ガメイさんがきいた。
「ドラゴン使いのモホートたちの話を盗み聞いたのですが、明日の夜、戦闘部隊が出撃するそうです。ゴリニチカがドレイク博士の居場所をつきとめたに違いありません。博士がゴリニチカに捕まったら最後、ゴリニチカは協力しなければ人質を殺すと脅して、博士に薬を作らせてしまうでしょう」

一様に不安になったぼくらに、ヘイズさんは、にやりとして続けた。

「でも、いい知らせもあります。知っての通り、ツングースドラゴンはドラゴンの粉でゴリニチカの言いなりになっているわけじゃない」

「ゴリニチカは卵から育てたからだって言ってたけれど」と、ぼくが言った。

「でも、実際にゴリニチカが世話をしたわけじゃない。1体ずつ育てたにしては数が多すぎる。ツングースドラゴンは、モホートの言うことをきいているんだ」

「ドラゴン使いが育ててたんだね！」と、ぼくは叫んだ。

「その通り。他の種類のドラゴンと違って、ツングースドラゴンは成長しても知性が育たない。だから、モホートたちは自分のドラゴンに簡単な合図で言うことをきかせるしかない。耳の後ろをつつけば『上昇せよ』だし、頭をたたけば『下降せよ』だ。首の後ろを強くつけば『攻撃せよ』になる。その他は手綱で合図するんです」

「方法を知っていれば、だれでも制御できるのだね」と、ベルナルドさん。

「それにもう一つ」と、ヘイズさんが言った。

「ツングースドラゴンは主人のモホートを、目ではなく鼻で嗅ぎ分けています。そのためにモホートの制服は、特別に調合された香水と薬草で洗われている」

「モホートからミントのにおいがしたのは、そのせいだったんだ」

ぼくは大きくうなずいた。

「私のほうのモホートも同じにおいがしたわ」と、ベアトリスが言った。

「だから、もし俺がモホートの制服を盗み出せれば、ツングースドラゴンをだまして、言うことをきかせられるかもしれない」

「危険だな」と、お父さんが低い声で言った。ヘイズさんもため息をついた。

「かなり危険だと思う。でも一番難しいのは、モホートたちの体型だ。彼らはかなり小さい。彼らの制服を着て、モホートに見えるとすれば……」

「子どもたちしかいないわ」

お母さんがささやくように言った。

「心配しないで、お母さん。ぼくらはもうドラゴンに乗ったことがあるんだよ」

ぼくが言うと、ベアトリスが力強くうなずいて、ぼくの手をギュッと握った。

ぼくらの脱出計画を実行に移すときが来た。

第17章　宮殿からの脱出

年若い人間を守るときには、全力を尽くせ。だが、必要以上に心配してはならない。なぜなら人間は珍しくもなく、特別変わった生き物でもない上、どう転んでも絶滅することがないからだ。

――人間学の手引『リベル・ドラコニス』より

ぼくらは3組に分かれることになった。1組目はニーアとガメイさんに、ヘイズさんだ。3人はモホートの詰め所に行き、モホートの制服を3人分盗む。

2組目のぼくとお父さんは、宝物を宝物倉から取りもどすのだ。お父さんとヘイズさんは、準備のために部屋の壁から大きな鏡を取り外した。

「鏡を何に使うの？」ときくと、お父さんが教えてくれた。

「ドレイク博士によれば、これがバシリスクを相手にするときの正しいやり方なんだ。お前も知っていると思うが、バシリスクの武器は猛毒の牙だ。バシリスクは常に一番危険だと判断した相手から攻撃する。たいていは鏡に映った自分の姿を最も危険だと判断するようだ。宝物を取りもどす間、鏡がバシリスクを引きつけておいてくれるように祈ろう」

3組目のベアトリスとお母さん、ベルナルドさんの3人は、宮殿に火をつけてまわる役。この氷の宮殿を温めているのは石炭だが、大量の備蓄が宮殿の地下の貯蔵庫にあることをヘイズさんがつきとめたのだ。ベアトリスたちはまず、トーチャーをくすぐって中央広間の壁を覆っている織物に火をつける。そして敵の目が広間に集まっているうちに、石炭の貯蔵庫にも火をつける。でも、本当の狙いは騒ぎにまぎれてパンテオンを救いだすことだ。

それぞれの任務を果たしたらドラゴンの居住区に集合し、ドラゴンに乗って脱出する手はずだ。すごく大変だと思うけど、やるしかない。
ヘイズさんは、扉の外にだれもいないことを確かめると、ガメイさんとニーアを連れてモホートの詰め所へ向かった。トーチャーは、お母さんとベアトリスとベルナルドさんと一緒だ。
「がんばって！」
ぼくはベアトリスとお母さんを抱きしめた。二人は覚悟を決めた顔で笑った。
最後にぼくとお父さんが廊下に滑り出て、宝物倉をめざした。宝物倉のあたりは人気がなくて、がらんとしていた。見張り番さえいない。
「ゴリニチカは一番のお気に入りの威力を、少しばかり過信しているようだな」
お父さんは宝物倉の扉に近づくと、体の前に鏡を構えた。お父さんの合図でぼくは扉の脇に立ち、ゴリニチカが扉を開けるために使った呪文を唱えた。
「ユニコルヌコピア！」

扉が開くと、お父さんは鏡を楯がわりにして、部屋の中へゆっくり入った。扉の陰からはヤクの赤ちゃんしか見えない。あれが本当にヤクの赤ちゃんだとすれば、バシリスクの餌だろうし、そうでなければ姿を変えたバシリスク本体だ。

突然、柱に巻きついていた金色の蛇の彫刻が、コカトリスに姿を変えた。それからすぐ、少し小ぶりなワイバーンに変わった。本物のバシリスクはこっちだ。バシリスクはお父さんの鏡に気がつくと、はたと鏡に見入った。

「急いで、鏡を見つけたよ！」

ぼくの声にお父さんは、鏡を氷の壁に立てかけると、宝物倉の片隅へ走りこんで姿を消した。ワイバーンは一瞬、お父さんを目で追ったが、すぐに視線を鏡にもどした。アメリカアンフィテールの赤ん坊に姿を変えると、鏡に突進していく。牙をむき出し、口から泡をふいて怒り狂っている。

「ダニエル、今だ！」と、お父さんが叫んだ。

ぼくは宝物倉の中に飛びこむと、二つの宝物を探した。セント・ペトロックの聖杯はすぐに見つかったが、『リベル・ドラコニス』が見あたらない。ぼくは財宝の山に登った。

「急げ！」と、お父さんが叫んだ。お父さんの後ろで、バシリスクが鏡に映った自分を見つめているのが見えた。自分自身に催眠術をかけようとしているみたいだ。そのとき、ぼくは『リベル・ドラコニス』が財宝の山のふもとに落ちているのを見つけた。バシリスクは、鏡の中の敵に向かって攻撃をしかけようとして数秒ごとに姿を変えている。コカトリスからワイバーンへ、ワイバーンからヒドラへ、ヒドラから有袋ドラゴンへ。

「本があった！」

ぼくが叫んだのと、バシリスクがヒドラにもどったのは、ほぼ同時だった。鏡の中へつっこみながら、3つの頭が恐ろしい金切声をあげた。ぼくが『リベル・ドラ

コニス』をつかむと、お父さんがぼくを抱えて部屋をとび出した。
ヒドラはあの大きな鏡を頭つきで粉々にしてしまった。宝物倉の扉を閉める直前、怒りに我を忘れたバシリスクが、砕けた鏡の破片一つ一つに敵の姿を見つけて、3つの首をくねらせているのが見えた。あれはちょっとおもしろかった。
それから、ぼくとお父さんはドラゴンの居住区へ急いだ。廊下を走っていると、床に水がちょろちょろと流れはじめた。ベアトリスたちは石炭の貯蔵庫にうまく火をつけられたらしい。宮殿が溶けるのも時間の問題かもしれない。
パンテオンは無事に逃げられただろうかと心配しはじめたとき、パンテオンの声が、どこか上のほうから聞こえてきた。外のガーゴイルたちに戦うように呼びかけているのだ。思わずにっこりしたとたん、もっと大きくて低い吠え声が宮殿中に響きわたった。これは警報らしく、すぐに大勢の男たちが廊下をぼくらのほうへ押しよせてきた。ぼくとお父さんは廊下を折れ、目の前にあった扉の中に入りこんだ。

閉めた扉を開けられないように、脇にあった木箱を扉の前に置いてふりむいたとたん、息が止まった。

そこは大きな氷の洞窟で、20体ぐらいのツングースドラゴンが数体のフロストドラゴンを取り囲んでいた。洞窟の中央には背の高い台座があったが、そこに立っていたのは、アレクサンドラ・ゴリニチカだった。セント・ギルバートの角をまさに今、吹かんとするところだ。天井に漂う煙はドラゴンが吐いた粉を焚いたものらしい。ゴリニチカがぼくらを見つけた。すぐにツングースドラゴンの炎がぼくらを襲った。お父さんとぼくはそこらじゅうにある木箱の陰に隠れながら、向こうの壁にあったもう一つの扉から逃げ出した。さらにいくつかの廊下を駆け抜け、ついにお父さんとぼくはドラゴンの居住区にたどり着いた。この頃には足元の水は床上2センチメートルぐらいまでになっていた。

ドラゴンの居住区は円形の洞窟で、屋根がなかった。頭の上には星空が見え、ヒマラヤ山脈の白い頂上が見える。氷の壁には大きな鉄格子の門がいくつもはまっている。その奥がツングースドラゴンのねぐらだ。その門の一つが開けられていた。そばにはヘイズさんとガメイさん、それにニーアがいて、背中にホーダをくくりつけた3体のツングースドラゴンが門をくぐって出てきた。ニーアはもうモホートの制服に着替えており、ドラゴンに指示を出すためのアンクスを持っている。すぐそばに2組の制服が置いてある。ぼくはやっと作戦がうまくいくような気がしてきた。

ヘイズさんが警備兵を銃でおさえこんでいる間に、ニーアとガメイさんは1体目のドラゴンに乗りこんだ。ぼくも急いで制服を着ると、横に置いてあったアンクスを手に取った。宝物はお父さんがしっかり持っている。ぼくはお父さんと2体目のドラゴンに乗りこんだ。ドラゴンがぼくのほうを向いたので、「プライシク　ボヤール！」と挨拶したが、ドラゴンは返事をしなかった。

ホーダからドラゴンの背中づたいに鞍まで歩き、手綱を握ったとき、お母さんたちが洞窟へとびこんできた。3人の兵士が追いかけてきたが、お母さんたちとの間に立って必死で炎を吐いているトーチャーのせいで進めない。ベアトリスは大急ぎで制服を着こんだ。

お母さんとベルナルドさんも3番目のドラゴンのホーダへ乗りこめたが、トーチャーの炎が切れた隙に、3人の兵士がヘイズさんに迫ってきた。一人はなんとか打ち倒したものの、その拍子にヘイズさんは氷に足を滑らせて転んでしまった。そのとき、居住区の氷の壁がヘイズさんの真横で爆発した。ヘイズさんは体を転がしてギリギリでかわしたけど、ぽっかりと開いた壁の穴から姿を現したのは、怒り狂っている巨大なツングースドラゴンだった。そいつは、まっすぐにヘイズさんに近づいていく。

ぼくとお父さんの乗ったドラゴンが一番近かった。ぼくは手綱を取ると、アンクスでドラゴンの首の後ろを強くついて「攻撃」を命令した。しばらくは何も起きなかったが、突然ぼくのドラゴンが大声で吠えた。ヘイズさんに迫っているドラゴンと、戦うつもりだ。このモホートの制服がどうか耐炎性でありますように。さもないと勝負に勝ったとしても、ぼくは焦げてパリパリになってしまうだろうから。

「先に飛んでいって！」と、ぼくはニーアとベアトリスに叫んだ。

「ぼくとお父さんがヘイズさんを連れていく！」

「ゲルプサール！」と、ドラゴンの耳の後ろをアンクスでつつきながら、ベアトリスが叫んだ。

「アルグライ！」と、ニーアも叫んで、アンクスを使った。

ベアトリスとニーアのドラゴンはすぐに舞いあがったが、2体とも少し上空で弧を描いて飛んでいるだけだ。待たなくてもいいのに。ヘイズさんとトーチャーはこちらに来ようとしていたが、あの怒れるドラゴンが前をふさいでいる。ヘイズさんとトーチャーの後ろには、ゴリニチカとシャドウェルも姿を現し、さらに何人もの兵士とドラゴンまでついてきた。

「やつを殺せ！」

ゴリニチカが叫んでヘイズさんを指すと、巨大なツングースドラゴンはヘイズさんに向かって突進した。牙をむき出して迫ってきたドラゴンの鼻先を、ヘイズさんはどうにかこうにか、つかんだ。そして勢いをつけて頭に駆けあがると、首と肩を伝って、ニーアのドラゴンから垂れていた縄ばしごに向かって大きくとんだ。

ほっとしたことに、ヘイズさんはなんとか縄の先にしがみついた。

ぼくは鞍から身を乗り出して、トーチャーを探した。トーチャーはまだ水びたしの床の上にいた。3体のドラゴンがかぎ爪をつき出して迫っている。どうやったってあそこには間に合わない。ぼくの気持ちは重く沈んだ。そのとき頭上から、ベアトリスの興奮した声が聞こえてきた。珍しくベルナルドさんの叫び声も聞こえる。

「ガーゴイルたちも加勢に来たぞ！　ガーゴイル万歳！」

パンテオンが来てくれたのだ。パンテオンとその仲間たちは吹き抜けの天井からまっすぐに降りてきた。あたりは吹き出される炎と、ぶつかり合うドラゴンでいっぱいになった。氷の宮殿の壁も崩れはじめ、氷のかけらがそこらじゅうに浮かびはじめた。ゴリニチカとシャドウェルは、立ちこめる湯気と黒い煙の中で見えなくなった。

ぼくのドラゴンは猛々しく頭をふると、前をふさいでいたツングースドラゴンを頭つきで押しのけた。それから何歩か踏み出し、弧を描きながら大混乱を抜け出して舞いあがった。

洞窟を出ると、頭の上には夜空が広がっていた。待っていてくれた他の2体と合流すると、下からパンテオンが姿を現した。

「トーチャーを助けて！　まだ下にいるんだよ！」

ぼくが言うとパンテオンは再び洞窟へと急降下し、数分後にもどってきたときには、腕の中にトーチャーを抱えていた。

パンテオンはトーチャーをガメイさんに渡すと叫んだ。

「東だ！　東へ飛ばねば！」

ぼくらは一団となってギャチュンカンの山をあとにした。ぼくらの背後で、怒鳴り声やうなり声がだんだん遠のいていった。

エベレストの斜面を越えてすぐ、ぼくらはV字隊列を組んだ。先頭のパンテオンにぼくらのドラゴンが続き、その後ろにパンテオンの一党が続いた。ついにぼくらは氷の宮殿を脱出し、宏偉寺への途につくことができたのである。

第18章　治療薬の完成

東洋の龍は極めて賢い。それまでにかかわりを持った者すべてを覚えているのだから。

――ドラゴンの種類による主な特徴『リベル・ドラコニス』より

氷の宮殿から宏偉寺までは、全速力で飛んでも3日かかった。ギャチュンカンを出てから、なんとなくあとをつけられているような気はしていたけど、何かが見えたことはなかった。3日目、ぼくらが中国の南の山がちな地域を飛んでいるとき、かなり遠い後方に黒っぽいものが初めて見えた。ゴリニチカの戦闘用ドラゴンかもしれない。でもそれ以上の詳しいことはわからなかった。

なぜなら、そのとき先頭を行くパンテオンが高度を下げはじめたからだ。行く手は背の高い丘が連なる地域だ。ぼくらが降りはじめるや、後ろをつけてきた一団が突然距離を縮めてきた。近づいてくると、まぎれもなくそれが戦闘用のツングースドラゴンだとわかった。でも、ぼくらが乗っているドラゴンよりも体が小さく、背中にホーダもない。

眼下に山あいの谷が見えてきた。谷の奥には大きな寺院があり、寺院の前には仏塔と凝ったつくりの橋がかかっている湖がある。湖から流れ出した水は崖の縁から落ちて、輝く小さな滝になっていた。滝の後ろには崖をのぼる階段があり、湖畔まで続いている。そし

て今、その階段をはねるように元気にあがってくるのは、ぼくらの探し求めていたドレイク博士だった。ベアトリスは鞍から身を乗り出して、博士に向かって必死に手をふっている。

角笛の音が長く尾をひいて谷間に響きわたると、オレンジ色の衣を着た大勢の人が寺院の中を走りはじめた。青い衣を着た若い中国人の女の人と、白髪のおじいさんが寺院から出てきた。湖畔に降りたパンテオンを出迎えるためらしい。

黒い戦闘用ドラゴンたちが背後に迫った。先頭のドラゴンの鞍に座っているシャドウェルが、ぼくに大声で話しかけてきた。

「道案内をありがとよ。礼を言うぜ」

「出撃用意をしてたくせに、道を知らなかったなんて言わないでよ?」

「大体のあてはついていたさ。だが、これではっきりした。宮殿を壊されて、ゴリニチカさんはそりゃカンカンさ。ここに乗りこんでくるのを、ものすごく楽しみにしてるぜ」

シャドウェルがまた口を開きかけたとき、眼下の湖面を割って濃い青色をした何かがとび出してきた。それは堂々とした4体の龍だった。20メートル以上も水面からとびあがり、シャドウェルの戦闘用ドラゴンに挑みかかったのだ。シャドウェルは即座に手綱を引くと、いやな笑い声をたてて引き返していった。

地上に降りると、ベアトリスがトーチャーを抱えてあやしていた。トーチャーは見るからに具合が悪く、息をするのも苦しそうだ。例の伝染病かもしれない。

そのとき、ドレイク博士が駆け足でやってきた。青い衣の女の人と白髪のおじいさん、それにパンテオンが一緒だ。

「ダニエル、ベアトリス！」と、博士が叫んだ。「本当に君たちかね？　それにクックくん夫妻にガメイさん姉弟、ヘイズくん父娘も一緒だとは！」

博士の顔を見たとたん、一番気になっていることが口をついて出た。

「博士、すぐにゴリニチカがやってきます。ぼくらが連れてきてしまいました」
「いろいろ話してもらわねばならんな。だが、まずはトーチャーが最優先だ」
博士は女の人から緑の液体の入った小さな瓶をもらうと、瓶の中身を思い切りよくトーチャーの喉に流しこんだ。たちまち、トーチャーの呼吸は楽になり、ベアトリスの腕の中ですやすやと眠りはじめた。
「このシロップは伝染病を治すことはできんが、症状の進行はおさえられる。一刻も早く治療薬を見つけなければならないが、うまくいっておらん」
氷の宮殿から脱出してきた全員が集まってきた。ぼくは、お父さんから受け取った『リベル・ドラコニス』とセント・ペトロックの聖杯をドレイク博士に渡した。
「これがお役に立つといいんですけど」
博士は目を丸くした。
「いったいこれをどこから、どうやって見つけてきたんだね？」

そこでぼくらは手短かに、ドレイク博士がドレイク城を出発してからのことを説明した。

「これは極めて興味深い」と、ドレイク博士は話を聞き終わると言った。

「そんな宝物が、S.A.S.D.の本部にずっと隠されていたなんて、信じられん。ドラゴン協会から申し送られるべき秘密事項はまだあるようだな。さて、紹介させていただこう。宏偉寺の老師と、私の友人のドラゴン学者、ターさんだ。お二人には伝染病を治す薬作りを手伝ってもらっている」

おじいさんはぼくらにお辞儀をし、青い衣の若い女性はほほえんだ。ドレイク博士はぼくらの目を覚まさせるように、手を打った。

「我々は急がねばならん。ゴリニチカはすぐにでも襲ってくるだろう。我々は宏偉寺の守りを固める者と、治療薬作りをする者に分かれることにしよう」

ターさんはベアトリスからトーチャーを預かると、診療所へ連れていってくれた。

大人の人たちに指示をあたえ終わると、ドレイク博士は、ぼくとベアトリスとニーアのところへもどってきた。

「それでは『リベル・ドラコニス』について話してくれたまえ」

「ドラゴンの炎を当てるまで『リベル・ドラコニス』は、白紙の本です」と、ベアトリスが説明を始めた。そしてトーチャーとウワッサがその秘密を見つけるのに一役買ったことを話した。

「すべてを読むためには、正しい種類のドラゴンを見つける必要があります」

「それに薬の作り方と思われる部分の文句は、まるでなぞなぞなんです」と、ぼく。

「ドラゴンらしいやり方だ」と、ドレイク博士は頭をふった。

「だが、君ら二人はなぞなぞを解くベテランだ。寺院の図書室でなら、今までに見聞きしたことについて、落ち着いて考えることができるだろう」

「ドラゴン・アイ」をめぐる冒険で、確かにぼくらはいくつも謎を解いた。でも今度は、生きているドラゴン全部の命がかかっている。あまりの責任の重大さに図書室に着いた頃には、ぼくの足取りは重くなっていた。

「今までのところ、この本を読めるようにできるドラゴンは、ヨーロッパドラゴンとワイバーンだけです」と言いながら、ぼくは本と杯を取り出した。

「薬の作り方かもしれないものは見つかりました。『イシスの涙』と『ブリムストン』という言葉もありましたが、杯の縁にある言葉とは違うんです」

「なるほど」と、ドレイク博士は杯を持ち上げた。

「杯の縁の言葉は、ラテン語を勉強していればすぐわかる。サルフールは私たちの言葉と同じ形だから硫黄のことだね。アンチモニウムはアンチモン、アクアは水で、ウェルベナはバーベナのことだ。そして『イシスの涙』というのは、このバーベナの別名で、『ブリムストン』というのは、古い言葉で硫黄のことを指すんだ」

「すごいわ！　もう薬を半分作ったも同然ね！」と、ニーアが叫んだ。

「ううん」と、ベアトリスがかぶりをふった。
「でもまだ白紙のページが2枚あるの。このページを読めるようにしてくれるドラゴンがあと2種類いるはずなんだけど、ヒドラは違ったみたい」
「おそらく、そのうちの1種類はガーゴイルであろうよ」
そう言ってパンテオンが図書室に入ってきた。
「私がやってみよう」
地面に置いた本にパンテオンが短い炎を吹くと、『リベル・ドラコニス』の文字がオレンジ色に光って表紙に浮かびあがってきた。
「さあ、これで君らに必要なのは、あと1種類のドラゴンとなった」
そう言ってパンテオンが低く喉を鳴らすと、それに応えるように大きな水音が湖から聞こえた。やがて、さっき見かけた4体の青い龍のうちの1体が図書室の入口に現れた。宏偉寺の老師もやってきて言った。

「私の古い友人をご紹介しましょう。東の海の竜王、ロン・ホン殿です」
ぼくとベアトリスは、威厳に満ちた龍の前で深く頭を下げた。
「諸君に会えてうれしく思う」と、ロン・ホンが言った。「乾いた穀物が天からの新鮮な雨を歓迎するように、ロン・ホンは新しい友を歓迎する」
ロン・ホンが軽く炎を吹くと、『リベル・ドラコニス』に緑の光が加わった。
多くの目が見つめる中、ぼくは聖杯のページを探した。前は白紙だったページに、今度はオレンジ色で『コール』、緑色で『アクア』の文字が浮かびあがった。
「コールとは、アンチモンの別名のことじゃよ」と、宏偉寺の老師が言った。
「アクアはもちろん、水のことよね」と、ニーア。
それぞれの聖杯の下には、なぞなぞの詩の欠けていた行が浮かびあがり、それは何かの手順のようだった。長い旅の終わりに、ぼくらはついに治療薬の作り方を手に入れたのだ。これまでに読んだ部分とあわせると、こんなふうになる。

私の1番目は血管（Vein）の中にはあるけれど、血液の中にはない
私の2番目は叫び（Squawk）の中にはあるけれど、やじの中にはない
私の3番目は賢者（Wise）の中にはあるけれど、阿呆の中にはない
私の4番目はリンゴ（Apple）の中にはあるけれど、果物の中にはない
私の5番目の秘密は、すべてをしっかり混ぜ合わせる
私の6番目は泡立ち、煮立つまで熱をあたえる
私の7番目は名前、私を示すぴったりの名前
　それを10回唱える間、泡立たせよ
私の8番目はすべてを冷やす、流れるところ
私の9番目はまず聞くところ、それから見るところ

黄金1、銀1に対し、水銀16分の1で作った杯の中で、同量の純水、バーベナ、硫黄にアンチモンを、このまじないにしたがって混ぜよ。できた薬は「アラジンのドラゴン薬」と呼ばれるだろう。

そこまで読んだとき、ドレイク博士が口を開いた。

「さて、老師と私は他の場所の様子を見てくる。いつゴリニチカが攻めてきても、私たちは全力で抵抗するだろう。君らはここでこの謎を解いてくれたまえ」

「天は汝の努力に、恵みある結果を贈られるだろう」と宏偉寺の老師が言った。

ドレイク博士と老師が図書室を出ていくと、ぼくらはもう一度、詩を読んだ。

「材料を混ぜてる間ずっと、このなぞなぞを頭から10回くり返すの?」

ニーアの言葉に、ベアトリスが首をかしげた。

「こういう古いおまじないの内容は、たいてい科学的なことを言っているのよ」

「最初の4行は普通のなぞなぞね」と、ニーア。

「2つの言葉のうちの最初のほうにはあって、後ろにはない文字を探すやつよ」

ニーアの言うやり方で単語を作ってみたけど、あまりピンとこなかった。ぼんやりと詩を眺めているうち、ぼくは突然ひらめいた。

「単語の初めの文字が肝心なんだよ。血管（Vein）のV、叫び（Squawk）のS、賢者（Wise）のWにリンゴ（Apple）のA。聖杯にある4つの単語、バーベナ（Verbena）、硫黄（Sulphur）、水（Water）、アンチモン（Antimony）と、頭文字が同じなのさ。これはきっと材料を混ぜる順番を表してるんだ！」

「じゃあ次のところはどうなるの？」と、ベアトリスが興奮して言った。

「5番目と6番目は単純に、材料を混ぜて泡立つまで煮るってことさ」

「じゃあ、7番目は沸騰させる長さのことね」と、ニーアが言った。

「10回唱えなきゃいけない名前って何のことだろう」

「魔法の言葉だったら、わからないかもしれないわ」
ニーアも少し考えこんだ。
「ううん、単語の長さが問題なのよ。ただ10回唱えるなんて魔法じゃないもの」
「あとは煮立てた材料を流れる水で冷やして、使うだけよ。できた薬は、『聞くところ』と『見るところ』だから、ドラゴンの耳と目に入れなきゃいけないのよ。飲んでも効き目がないんじゃないかしら」と、ベアトリスが言った。
「二人ともすごいよ」と、ぼくは思わずつぶやいた。でも、肝心の名前が残ってる。「私を示すぴったりの名前」って何なんだろう。どんな名前がありえるのか。だれかの名前なんだろうか。だれか？　そこでぼくには、わかってしまった。
「この薬の名前だよ！　アラジン、唱える名前はアラジンだ！」
ぼくらはすぐ、ドレイク博士になぞなぞが解けたことを教えにいくことにした。ドレイク博士は3人の僧侶と話しながら、心配そうに何度も空を見あげていた。上空ではパンテオンが旋回して、周囲を監視している。

ぼくらが報告すると、ドレイク博士は「よくやった！」と、ほめてくれた。

「ターさんに僧院の研究所へ連れていってもらいなさい。あそこなら必要な材料がみんな見つかるはずだ。作ったら効き目を確かめてくれたまえ」

ぼくらはターさんを湖のところで見つけた。ぼくらの両親とガメイさん姉弟に、戦闘に備えて龍の乗り方を教えているのだ。

みんな、ぼくらの大発見を聞くと大喜びだった。ターさんは湖のほとりにある建物へぼくらを連れていった。そこはドレイク博士の研究室によく似ていた。ターさんは必要な材料の入った広口瓶を迷わず選び出すと、ぼくらの前に並べた。

「こちらからバーベナ、硫黄、アンチモン。混ぜるのに使う棒。硫黄とアンチモンには、素手では触らないこと。水は外の湖でくめます」

そのあとすぐ、ターさんは湖にもどっていった。ベアトリスが杯を実験台の上に置いた。ニーアが湖の水をくみに行っている間に、ぼくとベアトリスは材料の分量を計った。準備ができると、ぼくらは『リベル・ドラコニス』にしたがって材料を混ぜていった。できあがったのは明るい赤色をした液体で、濃くて甘いにおいがした。ぼくらはそれをさっそく、ドラゴンの診療所に持ちこんだ。

トーチャーはかごの中でぐっすり眠っていた。起こさないようにして、ぼくらはできたての薬を少しだけ、トーチャーの耳に注ぎこんだ。トーチャーはたちまち目を覚ますと、頭をふりまわして暴れた。それから目に薬をさすのは大騒動だった。ぼくは咬みつかれたり、蹴られたりもしたが、なんとか1滴ずつ両方の目に薬を落とすと、トーチャーはすぐに眠りに落ちた。

ぼくらはほっとした。ついに薬ができたのだ！

「トーチャーはよくなるかしら」と、ベアトリスがつぶやいた。

「全部のドラゴンがよくなるんだよ」

ぼくは請け合った。

「ドレイク博士と老師が、ゴリニチカを寄せつけないでいてくれる間はね」と、ニーアがつけ加えた。

ぼくらはとうとう治療薬を見つけはしたけれど、ゴリニチカは戦闘用のツングースドラゴンを山のように持っている。ひとたびゴリニチカが来襲したら、ぼくらが生き残れるかどうかは、わからなかった。

第19章　宏偉寺の戦い

何をおいても、まず勇敢であれ。

――終わりの言葉『リベル・ドラコニス』より

それから続く何時間かはいそがしかった。ぼくら3人は交替で薬を作り、できた薬をできる限り多くのドラゴンにあたえた。病気の龍のほとんどはおとなしく薬を受け入れたけど、なかにはひどくいやがるのもいた。でも、トーチャーほど大暴れしたものはいなかった。

ドレイク博士と宏偉寺の老師、それに大人たちは攻撃に備えて寺院の補強をしていた。千年以上前に建てられたこの寺院に通じる道は細くて急だったから、谷の下からの攻撃には無敵だった。でも空からの攻撃は、防ぎようがない。また戦闘に参加できる元気なドラゴンも少なかった。パンテオンとその仲間は戦えるし、ぼくらが氷の宮殿から連れ出した3体のツングースドラゴンも戦える。ぼくたちもツングースドラゴンで戦うつもりだったけど、お父さんがその必要はないと教えてくれた。

「もう氷の宮殿とは状況が違うんだ。ここでは違うやり方ができる。見てごらん」

見れば、3人の若い僧侶があのミントのにおいのする制服を着て、すでにツングースドラゴンと働いていた。湖のそばでドレイク博士と一緒にいた僧侶たちだ。

4体の竜王は、いつもはそれぞれ中国の違う土地に住んでいるのだそうだ。でも今回は宏偉寺での薬の研究を助けるために集まっていた。本来、龍は平和を好む生き物だ。それにツングースドラゴンのように空は飛べない。西の山脈から来た竜王ロン・ウェイは威厳を持って水中から出てくると、集まっていたドラゴンの同胞に宣言した。

「かような恐ろしい災難に我らを巻きこんだ人間と戦うため、龍が戦いに加わるというのも天意である。天はあるべき姿に従うものを助けるが、自由こそが我らのあるべき姿だ。我々は決してこの自由をあきらめない。だからこそ今、戦うのだ」

ドレイク博士はこの演説を聞いて、竜王に深くお辞儀をした。そして感謝の言葉を述べたが、竜王たちに助けてもらったとしても、ゴリニチカの強大な軍に比べればほんの小さな力でしかない。ドレイク博士はどうやって戦うつもりなんだろう。

その日は他に何も起きなかった。診療所へやってきたドレイク博士は、薬を使ってほんの数時間で、多くのドラゴンが回復の兆しを見せていることを喜んでくれた。

その夜、ぼくはくたくたに疲れきっていたのに、うとうとしては、はっと目覚めるのをくり返した。巨大なバシリスクに乗って高笑いをするゴリニチカの夢を、何回も見た。

ぼくらは夜明けから薬作りを再開したが、そのとき2体のガーゴイルが寺院にもどってきた。すぐに角笛が吹き鳴らされた。その意味はたった一つ。ゴリニチカの軍が確認されたのだ。宏偉寺への攻撃が始まろうとしていた。

ベアトリスとニーアとぼくは、石づくりの寺院にいるように言われた。ぼくらのいる部屋には谷が見下ろせる窓があり、大人のほとんどがさまざまな種類の耐炎性の防護服を着て、龍のところへ走っていくのが見えた。龍は湖で戦うつもりだ。湖からの跳躍は、水の力に助けられて高いものになる。ガーゴイル隊はすでに飛び立ち、上空を旋回している。3体のツングースドラゴンは、滝の上で飛び立つ合図を待っている。でも、ガーゴイル隊のなかにパンテオンの姿が見えなくて、ぼくは不安になった。

寺のまわりには、水の入った木のバケツと、ドラゴンの攻撃をかわすための長い杖を持った消火役の僧侶が並んだ。ぼくはベアトリスの手を握った。もっと時間があるうちにお父さんとお母さんと話をしておけばよかった。

やがて、だんだん大きくなるうなり声が近づいてきた。その頃になってようやく、ぼくらは敵軍全体を目にすることができた。最初は遠い黒雲のようだったが、近づいてくると、30から40体の戦闘用ドラゴンに完全武装をしたモホートが乗った一軍だとわかった。彼らは猛スピードでこちらへ向かってくる。

「絶体絶命って気分がよくわかるわ！」と、ニーアが雄々しく宣言した。

西の山脈の竜王にまたがり、宏偉寺の老師はドレイク博士にふりむいた。

「天が我らの側にあろうと、これだけの軍に勝利するような希望は持てますまい」

「ですが、あれはツングースドラゴンで、それこそが彼らの弱点なのです」と、ドレイク博士は声を大きくした。

「宏偉寺を守らんとしている諸君、ドラゴンも人間も耳を貸してくれたまえ！　今日我々はドラゴンの歴史の岐路に立っている。もしゴリニチカが勝利すれば、その力は強大かつ凶悪なものになるだろう。彼女の軍の脅しにより、すべての生き物は生まれながらの権利である『自由』を、奪い去られることになるだろう。そのためにも今日、我々は負けてはならない。これは我々が勝つ戦いだ！　数の上ではおとっているが、ゴリニチカのドラゴン軍の主力はツングースドラゴンである。彼らは使い手であるモホートの指示にしたがうだけだ。そこで諸君には、そのモホートに集中してほしい。彼らをドラゴンの背から落とせばいいのだ。使い手なしには、どのツングースドラゴンも攻撃を続けられないのだから」

ドレイク博士はいったん言葉を切ると、改めて声をあげた。

「さあ、諸君。ゴリニチカが来るなら、来させようではないか。我々の準備は整った！」

大きな歓声が仲間からあがった。

「宏偉寺の守りを見せてやろう！」

みんなは声を合わせて叫んだ。
ぼくは空を見あげた。もうモホートの顔が一人一人見分けられるところまで近づいてきている。ゴリニチカは戦列の一番前にいた。銀の胸当てをして、セント・ジョージの槍をふりかざしている。ゴリニチカの隣にはシャドウェルがいた。
「ドラゴン使いを狙うドレイク博士の作戦はいいとしても、どうして僧侶たちは銃を持ってないの？」
ニーアは不思議そうだ。
「僧侶はどんな武器も使えないからだよ」
ぼくが教えると、ニーアは口の中で何かお祈りを唱えはじめたが、寺院の後ろから現れたものを見て、ぽかんと口を開けた。まず、現れたのはパンテオンだ。その後ろにヨーロッパドラゴンのイドリギア、ワイバーンのウワッサ、そしてヒドラのファキ・キファ・カフィと、ドラゴン・エクスプレスのメンバーが続いて現れたのだ！　他に2体のワイバーンと、5体のヨーロッパドラゴンの姿もあった。
ぼくらは一斉に歓声をあげた。イドリギアが地上に降りて、背中にドレイク博士を乗せた。
ドラゴンに乗ったゴリニチカが、すぐそこまで来ていた。
「皆殺しにしてやるわ！」
ゴリニチカは金切声をあげてドラゴンを降下させると、地上に向けて大きな炎を吹かせた。
「行こう！」
ドレイク博士とイドリギアが、ゴリニチカを迎え撃ちに飛び立った。
すかさずウワッサ、ファキ・キファ・カフィと、空を飛べるドラゴンが続いた。
乗り手を乗せた龍たちが湖から空中へ向かってとび出し、咬みついたりかぎ爪でつかんだりして、ツングースドラゴンからモホートを落とそうとする光景がそこら中で見られた。パンテオンはガーゴイル隊を引き連れ、頭上からすばやい攻撃をくり出してはゴリニチカを悩ませている。炎があらゆる方角から吐き出され、空中戦が見えにくい。でも1体の龍が、一人のモホートを湖へ落としたのが見えた。空から湖へ龍がもどってきたとき、その背に乗っていたのはお母さんだった！

「お母さんが、1体やっつけたぞ！」と、ぼくは叫んだ。

使い手を失ったそのドラゴンも飛び続けてはいたけれど、命令がなくなって、火を吐くことも攻撃することもなくなった。博士の言った通りだ。

ウワッサとファキ・キファ・カフィが宏偉寺軍の側面に加えられる攻撃を片っ端から片づけている間に、イドリギアと博士はゴリニチカをドラゴンから落とすべく突撃していった。博士たちの攻撃をかわしながらゴリニチカのドラゴンが吹いた炎は狙いを外したが、かわりに近くの龍に乗っていた僧侶の腕を焼いた。それを龍がかばおうとしたのがいけなかった。

「死ね、みにくい長虫め！」

ゴリニチカは叫ぶと、無防備になった龍の腹にセント・ギルバートの槍をつき刺した。龍が乗り手をふり落とし、地上に落下していくのを見て、ベアトリスが悲鳴をあげた。龍は湖から遠く離れた地面に恐ろしい音とともにたたきつけられ、動かなくなった。

跳躍を終えた龍たちが湖に一度とって返している間に、寺院の壁に黒いドラゴンの吐いた炎がはしった。でも、ゴリニチカ軍が狙っていたのは、建物ではなかった。戦闘用ドラゴンは勢いよく向きを変えると、寺院の陰で次の攻撃を準備していたガーゴイル隊に頭からつっこんでいった。

たちまち迫ってきた戦闘用ドラゴンを、ドレイク博士たちは食い止めようとした。パンテオンは立て直した攻撃の第2波で、ツングースドラゴンからモホートを一人落とし、ウワッサとファキ・キファ・カフィはもうちょっとでシャドウェルを落とせるところまで追いつめた。ヘイズさんは投げなわでモホートを一人鞍から引きずりおろしたが、一緒に湖に落ちてしまった。攻撃の第3波ではガメイさん姉弟が、手傷を追うこともなく二人以上のモホートを湖へたたき落とした。宏偉寺側はよく戦い、戦況は、うれしいことにぼくの予測を裏切って、五分五分だ。致命的な武器を持っているのはゴリニチカだけだったが、彼女は左右にすばやく槍をくりだしては、多くの龍を負傷させていた。一方で宏偉寺の老師は、龍の空中跳躍をだれよりも長く持続させ、その真の力を見せた。老師はたった1回の跳躍で、二人のモホートを鞍から落とした。ぼくらはそれを見て歓声をあげた。

宏偉寺側の第4波の攻撃が準備されているときだった。背後でカタカタという音を聞いた。ふりむくと、そこにいたのはゴリニチカのドワーフドラゴン、フリッツだった！　寺院の中に入りこんだフリッツは、セント・ペトロックの聖杯を倒して、貴重な薬を床にこぼしてしまったのだ。

ベアトリスとニーアが息をのんだ。フリッツは攻撃してくるかと思ったが、かわりにひどく咳こみ、こぼれた薬の上に倒れこんだ。伝染病にかかっていて、症状は重いようだ。床にこぼれた薬の上でばたばたしている様子はまるで、鳥が水たまりで水浴びをしているようだった。全身を薬まみれにすると、冷たい目をして、ぼくらに襲いかかった。

ぼくが顔を覆ったとたん、フリッツの鋭いかぎ爪がぼくの手の甲を切り裂いた。傷口から血が流れ出し、ぼくはフリッツの焦げそうに熱い息を顔に感じた。

「あっちに行け！」

そのときだった。大きなしゃっくりがぼくらの後ろから聞こえてきた。トーチャーがぼくらを助けに来てくれたのだ！　トーチャーは怒りのうなり声を放つと、フリッツに向かって突進し、荒々しい一撃でフリッツをはねとばした。フリッツは、翼の許す限りの速さで扉から逃げ出していった。

「トーチャー、すっかりよくなったみたいだね！」と、ぼくは声をあげた。

窓の外では攻撃の第5波が放たれ、第6波も続いた。今やゴリニチカとドレイク博士は、かなり接近している。ゴリニチカはセント・ギルバートの槍をふりまわし、博士に傷を負わせた。イドリギアが槍の届く範囲から離れようとしたとたん、ゴリニチカはすばやく方向を変え、イドリギアに槍を深々とつき刺した。ゴリニチカは勝利の雄たけびをあげた。

「ほら、もう1匹おしまいだ！」

安定を失ったイドリギアの背で、ドレイク博士の体が揺れた。ぼくらが恐怖に凍りついて見守るなか、博士の体は鞍から滑り落ち、はるか下方の湖に落ちていった。イドリギアが落ちるにはもう少し時間がかかったが、大怪我をしたドラゴンは湖の端に衝撃音とともに落ち、静かになった。ゴリニチカが再び吠えた。

「おいぼれが落ちたわ！　次はもう1匹のおいぼれの番だ！」

ゴリニチカ軍の残ったドラゴンたちは再び旋回を始め、次なる攻撃をくり出してきた。今度の彼らの狙いは、宏偉寺の老師一人だった。パンテオンとまだ負傷していないガーゴイルは必死に老師を守ろうとしたが、ゴリニチカはやすやすと老師に近づき、老師が乗っていた高貴なる西の山脈の竜王、ロン・ウェイの横腹を魔法の槍で貫いた。だがロン・ウェイが空から落ちはじめたとき、老師はくるりと宙返りすると、右手でむずとゴリニチカをつかみ、ドラゴンの背から引きずりおろした。老師とゴリニチカは一緒に落ちていった。湖につっこんだあと、ゴリニチカがつけている重い防具のせいか、二人ともしばらくは水の上に浮いてこなかった。

宏偉寺の谷間に静寂が落ちた。残ったモホートたちも女主人を失ってとまどっている。戦闘の間中、逃げまわることに専念していたシャドウェルは、突然ゴリニチカ軍の指揮官になってしまった。新指揮官の第一声は「退却！」だった。これを聞いて、ウワッサとファキ・キファ・カフィと、他のドラゴンたちが攻撃の手を倍に増やしたから、ひとたまりもない。ゴリニチカ軍は混乱の中で敗走していった。

突然、ゴリニチカとドレイク博士、老師の3人が水の中からとび出してきた。ドレイク博士はひどく血を流していたが、セント・ギルバートの槍の柄を握りしめ、ゴリニチカから奪い取ろうとしていた。老師も博士に加勢していたが、明らかに片腕にひどい怪我をしている。残念ながら今の博士と老師は、ゴリニチカの敵ではなかった。若くて力強く、大した怪我もしていないゴリニチカは力まかせに博士の手から槍をもぎ取ると、湖の岸辺をめざして泳ぎはじめた。

ちょうど、シャドウェルと残ったモホートたちが思いがけない戦いの幕切れにおじけづき、遠くの空へ急速に遠ざかっていくところだった。

「臆病者！　もどってこい！」

ゴリニチカは出せるかぎりの大声で呼ばわったが、無駄だった。僧侶たちが彼女を取り囲み、じりじりと輪をせばめた。でも、ゴリニチカがふりまわす槍のせいで容易には近づけない。
ドレイク博士は水を滴らせながら湖からあがると、ゴリニチカのほうを向いた。
「槍をおろしなさい、ゴリニチカさん。もう戦いは終わったんだ」
ゴリニチカが笑った。
「私がお前に降参することなど、決してない！」
「もういいんだ。すべてのドラゴンを支配しようというあなたのたくらみは、失敗に終わったことを認めなさい」
「終わるのは、ドラゴンのほうだ」と、ゴリニチカが怒鳴った。
「伝染病の治療薬が見つからなければな」
「では喜んでほしい。治療薬は見つかったのだよ。子どもたちがやりとげたのだ」
「では、あのガキどもに、気をつけさせるがいい」と、ゴリニチカは言って、岸辺に沿って後ろ向きにドレイク博士から距離を取りはじめた。

「やつらは私を何回もひどい目に遭わせた。おまえも一緒よ！　そんなあつかいを受けるなんて、がまんできようはずもない！　お前の古いお友達のエベニーザー・クルックが生きていれば、私の言葉を裏書きしてくれたでしょうに！」

「エベニーザー・クルック！　前のドラゴン・マスターが何だというのだ？」

「では、おまえにも知らないことがあるんだね、ドレイク」

ゴリニチカは心底うれしそうにそう言うと、肩越しに崖へ視線を投げた。

「じゃあ、エベニーザーがロシアから若くて熱心なドラゴン学者を連れてきた話も、おまえは知らないだろう」と、ゴリニチカが言った。「そのロシア人はエベニーザーが教えた弟子の中で、最も優秀だった！　もしチディングフォールド男爵やS.A.S.D.の間抜けどもが、イギリスのドラゴン・マスターはイギリス人でなければならないとつっぱねなければ、エベニーザーは私を次代のドラゴン・マスターに指名するつもりだったのよ。彼は私に多くの秘密を教えてくれたが、12の宝物は何一つ見せてくれなかった。そこで私は盗んだのよ。黒い粉の入った小瓶をね。そしてエベニーザーを裏切った！」

「エベニーザーが君をドラゴン・マスターにするつもりだったとは、にわかには信じがたいな」

ドレイク博士はそう言ったけれど、動揺しているようだった。

「エベニーザーは、おまえの提唱する『ドラゴンの科学』とやらを認めてはいなかったのよ。どう、悔しいでしょうが」

ゴリニチカはこれ見よがしに、槍の穂先を博士に向けた。

「エベニーザーはおまえが『ドラゴン学』を語るのが嫌いだった。ましてや、そんな本を書きたがっていたおまえなんかを認めるはずもない」

「エベニーザーは亡くなる前に、私と向かい合ってくれたのだよ」と、ドレイク博士がゆっくりと言った。

「ドラゴンにとって、大いなる災厄がやってくると、警告してくれた。でもまさか、それが君のことだとは思いもよらなかったけれどね」

「ドラゴンの伝染病のことを知ったときに、エベニーザーの気が変わったの」と、ゴリニチカが言った。

「マハラワルから連絡が来るまで、エベニーザーは小瓶を盗んだのは自分の息子のイグネイシャスではないかと疑っていたんだから」

「君の呪文にかかった、もう一人のあわれな男だ」と、博士は言った。ゴリニチカはまわりをドラゴンと僧侶に囲まれて、もう逃げ場がなかった。後ろは滝つぼに落ちる崖だ。

「そうよ、あの男はたやすかった。そして私によく仕えたわ、少しの間だったけど。あの間抜けは『失われたドラゴンの島』を探しに行ったわ。昔、あの黒い粉の小瓶が盗み出された場所よ」

ドレイク博士はゆっくりとゴリニチカに向かって歩みを進めた。ドラゴンたちは威嚇するようにうなっている。

「さあ、槍を下に置きなさい」

博士の言葉にゴリニチカは本当にゆかいでたまらないように、笑って返した。

「ああ、こんなばかげたおしゃべりは、もうたくさん。お別れの時間よ、ドレイク博士」

そう言うと槍を体の前でくるくると回し、背後の崖から飛んだ。目をみはるような見事な背面飛びで、ゴリニチカの姿は切り立った崖の端から消えた。

しばらくの間、みんな足に根が生えてしまったかのように動けなかった。やがて、ドレイク博士がゆっくりと崖に近づくと、下をのぞきこんだ。

「ゴリニチカは見えますか？」と、ベアトリスが叫んだ。

「いや、見えないよ」博士は静かに言った。

宏偉寺の戦いは終わった。寺院は守られたが、失ったものも多かった。負傷者が多く、いくつもの命が失われた。まず偉大な竜王ロン・ウェイと、その仲間が亡くなった。それに二人の僧侶、ぼくらが連れ出した戦闘用ドラゴンが1体、それにパンテオンの仲間のガーゴイルが3体死んだ。

ゴリニチカ側からは15人のモホートを捕虜にして、16体のツングースドラゴンを自由の身にした。これはある意味、勝利と言ってもいいと思う。

「しかし、ドラゴンと人間の両方に身を捧げた彼らのことは、だれにも知られることはないだろう」と、ドレイク博士が言った。ぼくらは黙ってうなずいた。

崖っぷちから消えたゴリニチカの消息はつかめなかった。捜索隊が崖の下までおりていって、あるはずの死体を探したが、何も見つからなかった。

「ゴリニチカは逃げおおせたのだ」と、ドレイク博士は言った。「これで2度目だ。だから、覚えておきなさい。ゴリニチカは必ずもどってくる」

エピローグ――宏偉寺――

宏偉寺の攻防戦で命を落とした西の山脈の竜王ロン・ウェイと、彼に連なるもう1体の高貴な龍、それに宏偉寺の僧侶二人とガーゴイル3体、ツングースドラゴン1体の葬式は、3日間続いた。国中の龍が宏偉寺に集まり、訪れた人々は山肌に長大な列を作った。パンテオンとその同志は自分たちの葬儀会場として、湖にあるパビリオンを選んだ。そこに死んだ仲間を運びこんで安置すると、3日間にわたって彫像のように身動き一つせず、仲間の死を悼んだ。

「人間とドラゴンが住む世界の危機に命をかけた、勇敢な魂に天はほほえむ」

龍がロン・ウェイの遺体を運び出すとき、宏偉寺の老師はそう言葉を贈った。死んだ竜王は中国の海上に時々現れる、幻の浮き島に葬られるのだそうだ。ドラゴンたちの間から葬送のうなり声があがった。今ではすっかり元気にしゃっくりをするようになったトーチャーですら、神妙な面持ちで長い炎を空に向けて吹いた。ウワッサ、イドリギア、パンテオンとファキ・キファ・カフィは3日間の葬式が終わったあと、ただちに帰っていった。

それからの日々を、ぼくらはもっぱら龍の治療に費やした。僧侶たちは薬に使う材料を求めて、遠くまで使いに出された。もっと多くの薬を作るために、僧侶たちは地元の金細工職人にも働きかけ、セント・ペトロックの聖杯と同じ効果を持つ杯をいくつも作り出した。おかげで治療がぐんとはかどるようになった。

とうとう家に帰る日が来た。

でも、ドレイク博士とぼくらは、少し時間をかけて船で帰ることにした。まず近くに流れている川を下って海に出たら、そこから帆船に乗りこんで南シナ海へ出る。それからインド洋と大西洋を経て、海路でイギリスへ帰るのだ。

宏偉寺での最後の夜、ベアトリスとぼくは、お父さんとお母さんと一緒に霧のかかる谷間を窓から眺めていた。トーチャーはおとなしく、何かの宝石で遊んでいる。

「うちに帰るのってすてきね。家族で一緒にいられるのもうれしいものね」

ベアトリスが言葉をかみしめながら、言った。

「でも冒険のあとじゃ、普通の生活は退屈かもしれないわよ」と、お母さん。

「トーチャーの世話はぼくらがするんだから、退屈なんかしないよ」

「トーチャーは、いつも何かやってくれるからな」と、お父さんが笑った。

「さて、今回の冒険をなしとげた記念に、特別な贈り物がある。ドレイク博士から預かってきたドラゴンの呼び笛だ。一人に一つずつだぞ。これは、おまえたちがドラゴン学の中級に進級したという印だ。よくがんばったな」

「呼び笛は老師がご用意くださったのよ」と、お母さんが言った。「ヒスイと貴重な金属が使われているの。音によって、呼び出せるドラゴンが違うの」

お父さんはズボンのポケットを上から押さえて、顔をしかめた。

「おかしいな、ここにちゃんと入れていたのに」

「ねえ、お父さん」と、ぼくは念のためにきいてみた。

「もしかして呼び笛を、ドラゴンの赤ちゃんになんか見せてないよね？　どういうわけか、トーチャーの姿が見えないんだけど……」

〈ドラゴン・エクスプレス　終わり〉

今人舎の「ドラゴン学」シリーズ

ドラゴン学ノート
ドラゴンの追跡と調教

ドゥガルド・A・スティール編

ISBN978-4-901088-47-3
30.6×26.2×2.2cm
24ページ
定価（本体2,800円＋税）

野外でドラゴンを調査するときに必要な、実践的な技術を紹介した冊子と、ヨーロッパドラゴンの組み立て式モビール（全長50cm）のセット。モビールを部屋の中につるせば、ヨーロッパドラゴンを見分ける訓練にもなる。

ドラゴン学
ドラゴンの秘密完全収録版

ドゥガルド・A・スティール編

ISBN978-4-901088-34-3
30.8×26.2×2.4cm
30ページ
定価（本体2,800円＋税）

ドラゴンの味方を一人でも多く見つけるため、「ドラゴン・マスター」であるアーネスト・ドレイク博士によって書かれた本。ドラゴンについての興味深い知識のほか、「ドラゴンの粉」や「ドラゴンのうろこ」なども付いている、豪華装丁しかけ本。

ドラゴン学入門

21課のドラゴン学講義

ドゥガルド・A・スティール編

ISBN978-4-901088-66-4
21.6×18.8×2.2cm
80ページ
定価（本体2,300円＋税）

世界中のドラゴンの種類や、自然界でのドラゴンの位置付け、ドラゴン文字やドラゴンが好きななぞなぞ、ドラゴンを縛る呪文など、21課のドラゴン学講義を収録した入門書。表紙は、ドラゴンの玉を埋めこんだ重厚な装丁。

ドラゴン・アイ

著／ドゥガルド・A・スティール
文／赤木かんこ

ISBN978-4-901088-67-1
20.2×13.2×3.4cm
320ページ
定価（本体1,900円＋税）

アーネスト・ドレイク博士のもとで夏休みを過ごすことになった、12歳のダニエルと姉のベアトリス。博士の城で二人は驚くべき経験をする――。人類とドラゴンの運命を握るドラゴン・アイとは何か？　19世紀末のイギリスを舞台に、謎に満ちた冒険が始まる！

ドラゴン学総覧

ドゥガルド・A・スティール編

ISBN978-4-901088-93-0
27×24×2.7cm
192ページ
定価（本体2,800円＋税）

今も生きているドラゴンの特徴・生息地・習性から、絶滅してしまった種とその絶滅理由、似て非なる生き物の紹介など、ドレイク博士の記録と知識を総結集させた「ドラゴン学」本の決定版。ドラゴン学者を志す人なら、必ず手元に置いておきたくなる一冊。

翻訳／三枝明子
1965年、大阪府生まれ。学生時代から編集者として活躍。著作権管理事務所にてエージェント業務も経験、海外出版物に関する知識を蓄積。『ドラゴン学総覧』（今人舎）で翻訳者デビュー。

編集／こどもくらぶ

デザイン・DTP／西尾朗子

今人舎ドラゴン学公式サイト　http://dragon.imajinsha.co.jp/

ドラゴン・エクスプレス　THE DRAGON EXPRESS

2011年8月15日　第1刷　発行

著／ドゥガルド・A・スティール
訳／三枝明子

編　集／石原尚子、中嶋舞子
発行者／稲葉茂勝
発行所／株式会社今人舎
〒186-0001　東京都国立市北1-7-23
TEL 042-575-8888　FAX 042-575-8886
ホームページ　http://www.imajinsha.co.jp

Japanese text©Imajinsha co., Ltd., Tokyo, Japan
NDC933
352ページ　ISBN978-4-901088-99-2